길 에서 건진 자유

산티아고 **여행노트**

길 에서 건진 자유
산티아고 여행노트

김남선 지음

백산출판사

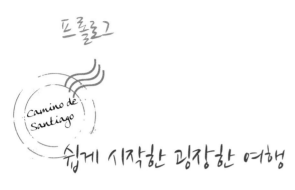

쉽게 시작한 굉장한 여행

30여 년 몸담았던 직장을 떠나면서 아주 후련하다는 생각이 대부분이었지만, 마음 한편으로는 지나온 시간들에 대한 약간의 아쉬움과 앞으로 보내게 될 날들에 대한 불확실성, 그리고 아내와 마주하게 될 많은 시간들에 대한 적절한 대처방법 등의 수많은 생각들 또한 머릿속을 맴돌았다.

우선 주어진 시간의 자유를 만끽하기 위해 오래전부터 퇴직하면 하고 싶었던 장거리 여행 중 하나를 하기로 마음 먹었다. 해외여행은 비교적 많이 한 편이었지만 매번 시간의 제약으로 인해 긴 여행은 할 수 없었기 때문이다.

그중에서 가장 오래전부터 꿈꿔왔고, 또 사흘간의 짧은 기간이지만 잠깐 맛보았던, 예전에 눈표범이 살던 설산을 바라보며 걸어가는 안나푸르나 베이스캠프 트레킹을 하기로 결정하고 전문 여행사의 2월 28일 출발팀에 나의 졸업여행을 응원해 주는 친구 3명과 함께 예약을 했다.

그러나 출발일자 며칠 전에 예약된 다른 팀 4명이 갑작스럽게 취소하는 바람에 최소 출발인원이 미달되어 부득이하게 일정을 3월 말 또는 4월로 연기한다는 연락을 받았다.

차라리 지금처럼 시간 있을 때 최소한 한 달 반은 잡아야 하는 산티아고 길을 걸어볼까 망설이는 나에게 아내와 딸이 적극 가보라고 추천을 한다.

아마도 퇴직 후 기분전환을 해보라는 뜻도 있고, 오랜만에 많은 시간을 함께하는 가족공동체에 어색해 하는 나를 장기간 격리해서 본인들도 여유를 가져보겠다는 뜻도 있는 것 같아 흔쾌히 산티아고로 떠나기로 했다.

준비기간은 10여 일.

우선 배낭이나 침낭 등 필수장비를 준비하며, 인터넷이나 몇 사람의 여행기를 통하여 막연히 알고 있던 산티아고 순례길에 대한 정보도 알아는 보았지만 한 달이 넘는 긴 여행을 제대로 준비하기에는 턱없이 짧았다.

기본적으로 필요한 품목들만 챙겨서 우선 떠나기로 한다.

기독교는 고등학교 채플시간에, 또 동네교회에 잠깐 나간 게 전부이고, 아버님의 천주교 세례명이 바울이라는 것을 기억하는 정도의 내가 신앙으로 하는 순례길에 대한 기대가 있을 리는 없고, 또한 내면의 성찰이라는 거창한 슬로건도 가지고 있지 않았다.

다만, 일단 길게 지고 있던 멍에를 내려놓는 듯한 후련한 마음과 무엇이든지 내 의지대로 할 수 있는 자유를 즐기고 싶었고, 동시에 변화된 환경에 새로이 떠오르는 상념들을 한번 정리하는 시간을 가지고 싶었다.

단순하게 시작한 이 순례길 걷기는 나에게 기대 이상의 많은 것을 돌려주었다.

매일 혼자서 걷는 긴 시간에 내 인생이란 필름은 기억이 미치는 시작점에서 현재까지를 몇 바퀴 돌았다.

과거에 있었던 많은 일들을 보다 선명하게 들여다볼 수 있었고 그것은 길 위 시간의 흐름 속에 자연스럽게 내 안에서 고요히 가라앉아 갔다.

그리고는 길을 걷는 자체에 집중하기 시작했다.

새소리, 바람소리, 흐르는 물소리가 크게 들려왔다.

아주 미묘한 느낌의 평화와 행복이 찾아왔다.

또 미래에 다가올 불안 또한 하늘에 떠가는 새털구름처럼 흘러갔다.

길을 걷는 매 순간 그 자리에서 난생 처음으로 큰 자유를 안았다.

이 순례길을 걸으면서 느낀 나의 생각들을 이렇게 책으로 출판까지 하리라고는 전혀 생각하지 못했다. 이미 산티아고 길을 경험한 사람들의 좋은 글과 사진들이 서점에 넘쳐나기 때문이다.

단지, 지금까지 살아오면서 내 생애 최고의 사건이 된 산티아고 길 800km가 너무 좋았고 거기서 받은 색다른 느낌들을 나의 가까운 친구와 지인들과 같이 나누고 싶어서 길 위의 단상들과 사진을 소책자로 정리하던 것이 어쩌다 보니 이렇게 책으로까지 출간하게 되었다.

책으로 만들다 보니 자그마한 욕심도 생겼다.

그것은 나처럼 한번은 산티아고 길을 걸어봐야겠다는 이유 있는 생각을 가지고도 준비가 덜 되었다고 망설이는 사람들에게 보다 쉽게, 가벼운 마음으로 떠나도 된다는 메시지를 주고 싶은 것이다.

이 책은 산티아고 길의 안내서는 아니다. 그러나 길의 유래와 역사를 소개했고, 나의 경험을 토대로 어떻게 먹고, 자고, 걷는 것인지, 만나는 사람들과의 관계라든가 나의 내면에 찾아오는 변화 등을 편하게 보면서 전체적인 산티아고 길 여행의 모습을 머릿속에 그려볼 수 있도록 정리하였다.

마음의 준비만 되어 있다면, 길이 힘들면 좀 천천히 가면 되고 시간이 모자라면 가는 데까지 걷고 나머지는 다음 기회로 미루면 된다.

자유로운 영혼의 가치를 되새기게 해주는 이 길 위에서 우리를 속박할 수 있는 것은 아무것도 없기 때문이다.

단, 신체적으로나 정신적으로 이 순례길에서 만나게 될 모든 상황들을 긍정적으로 수용할 수 있는 마음의 끈만 단단히 묶고 가면 된다.

책이 나올 수 있도록 시작부터 많은 배려와 격려를 아끼지 않으신 박혜정 교수님과 졸고를 멋진 책자로 바꾸어준 출판사 관계자분들께 감사드린다. 또한 나의 산티아고 여행을 응원해 준 영혜와 우진, 원진이에게 사랑을 전한다.

2012년 4월
저자 **김남선**

산티아고 **여행노트**

C o n t e n t s

길 에서 건진 자유 Camino de Santiago

산티아고 길을 꿈꾸는 당신에게

많은 사람들이 산티아고 순례길을 알고 있고, 그 길에 대해서 얘기하고 또 궁금해 하기도 합니다.

이 길을 경험한 사람들이 쓴 여러 권의 책들을 통하여, 제주 올레길의 시작이 된 서명숙 이사장의 경험을 통하여, 그리고 신문이나 TV, 인터넷을 통해서 머나먼 스페인 북부지역을 가로지르는 이 산티아고 순례길은 우리에게 잘 알려져 있습니다.

그러나 막상 배낭 하나 메고 그 길을 걸어보겠다는 꿈을 꾸는 사람이 아직은 많지가 않습니다. 그 길이 아직은 우리의 일상에서 너무 멀리 떨어져 있기 때문에, 또 꿈을 현실로 이어가기에는 우리 스스로가 많은 내면의 장애물을 지니고 있기 때문이지요.

파울로 코엘료는 그의 저서 『순례자』에서 꿈이 죽어가는 3가지 징후를 다음과 같이 이야기합니다.

첫 번째는 시간이 부족하다는 것입니다.

그러나 살아가면서 알게 되는 가장 바쁜 사람조차 실상은 무엇인들 할 여유가 있지요.

두 번째는 스스로에 대한 지나친 확신입니다.

삶이 우리 앞에 놓인 거대한 모험이라는 것을 보려 하지 않고, 언제나 스스로 현명하고 올바르다고 여기며 아주 작은 것만 기대하는 삶 속에 안주하고 있지요.

세 번째는 평화입니다.

삶이 안온한 일요일 한낮같이 되는 거지요.

자신에게 대단한 무엇을 요구하지도 않고, 우리가 줄 수 있는 것 이상을 구하지도 않게 됩니다.

많은 사람들이 시간이 없다는 구실로 평화로운 아침의 따사로운 햇볕 아래 졸고 있을 때, 최소한 30여 일을 투자해서 무거운 배낭을 메고 800km의 길을 걸으려고 하는 당신에게 꿈은 아직 살아 있습니다.

안주하고 있는 단조로운 일상에서 한 번 벗어나고 싶어서, 자의

든 타의든 안정된 직장에서 뛰쳐나와 갑자기 주어진 많은 시간 안에서 자신을 되돌아보고 싶어서, 실패한 사업체를 친구에게 맡겨두고 무작정, 또는 오랜 기간 사랑하던 사람과의 이별을 앞두고 마음을 정리하기 위해서, 그 외에도 수많은 이유로 사람들은 이 길로 떠나고 싶어 합니다.

1,000년의 순례길을 이어가는 하나님의 사랑과 영성을 체험하고 자신의 신앙을 더욱 굳건히 하고자 많은 가톨릭 신자들이 이 길을 걷고, 스님은 '나' 안의 또 다른 참 '나'를 찾아 이 길을 떠납니다.

물론 가끔은 제주 올레길을 걷듯이, 히말라야 안나푸르나 트레킹을 하듯이 튼튼한 다리를 뽐내며 이 길을 걷는 사람도 있습니다.

어떠한 이유로든 당신이 이 산티아고 길을 걷겠다는 결심을 하고, 순례를 꿈꾸고 있다면 바로 떠나기를 권합니다.

배낭도 꾸리고 여정도 챙기고 여러 가지 준비를 해야겠지만 가장 중요한 것은 순례길을 걷겠다는 당신의 결심입니다.

일단 마음의 준비가 되었다면 모두 잊고 홀가분하게 떠나세요.

산티아고 길을 걷겠다는 결심을 하고도 신체적으로 또는 정신적으로 감당할 수 있을지에 대한 우려가 생길 수도 있습니다.

물론 익숙지 않은 배낭을 메고 800km를 걸어간다는 것은 우리가 하루 이틀 올레길을 걷는 것처럼 쉬운 일이 아닙니다. 그러나 이 길을 걸을 이유가 있는 당신에게는 그렇게 힘든 길도 아닙니다.

70, 80대의 노부부가 같이 걷고 60대의 말기암 선고를 받은 한 자분도 걸어갑니다. 다만 체력안배와 휴식을 위한 시간이 좀 더 필요할 뿐입니다.

명상, 성찰, 영성, 깨달음… 이런 단어에 부담을 느낄 필요는 없습니다.

일단 길을 걷기 시작하면, 길이 당신을 이끌어줄 것입니다.

마치 자동차 세차기계에 앞바퀴만 올려놓으면 레일을 따라 자동으로 이동하여 비누칠하고, 물로 씻어 내리고, 마지막으로 바람으로 말려서 세차기계 밖으로 자동차가 나오듯이…

오늘은 얼마를 걸어 어디에서 자고 무엇을 먹을 것인지는 당신이 결정하겠지만, 길은 당신 앞에 엄청나게 넓고 아름다운 공간과 긴 시간을 펼쳐서 당신을 이끌어갑니다.

끝없이 펼쳐진 구름 사이로 정지해 있는 듯한 시간 속에 마음의 무장해제를 한 당신이 어떠한 생각을 하든 상관하지 않지만, 궁극에는 마음의 평화를 찾도록 당신을 도와줍니다.

발가락에 첫 물집이 잡힐 때쯤이면 이 길을 떠나온 당신의 결정이 생애 최고의 결정이었음을 당신은 알게 될 것입니다.

하루에 7~8시간씩 길을 걷는 동안 어쩔 수 없이 자신의 내면과 마주하는 긴 시간, 심연에 깔려 있는 먼지부터 온통 분탕질을 하며 털어내게 됩니다.

먼지의 소용돌이가 몇 바퀴를 돌아 날아갈 것은 날아가고 가라앉을 것은 가라앉으면 마음의 고요가 찾아듭니다.

당신은 처음으로 비교할 수 없는 무한한 자유를 느낍니다.

미움과 원망, 불안, 욕심, 언제나 붙어 다니는 소유에 대한 집착을 어느 정도 털어내는 만큼 자유로움도 더 커집니다.

기회가 되면 리오하의 질 좋은 와인도 마시고, 맛있는 타파스와 파엘라에 하몽 이베리코도 즐기세요.

길에서, 숙소에서 만나는 여러 나라에서 온 각양각색의 길동무들과 속내를 털어놓는 대화를 통해 쌓이는 우정, 그리고 서로에 대한 배려와 감사는 순례길에서 덤으로 얻는 소중한 추억입니다.

그렇다고 산티아고 길에서 너무 많은 것을 가지고 돌아오리라 기대하지는 마세요.

길은 자연스럽게 당신을 이끌며 당신에게 많은 것을 주지만, 반면에 당신이 길을 다 걷고 떠나올 때쯤이면 많은 것을 다시 거두어 가 버립니다.

그 무한한 자유의 기쁨도 소유욕에서 벗어난 통 큰 생각들도 거의가 사라지고 이제는 기억 속에서만 존재하게 됩니다.

그러나 당신이 이제까지 살면서 처음으로 느껴본 큰 자유는 그 느낌 자체만으로 또 그것이 당신의 선택으로 가능했다는 사실만으로도 너무나 소중합니다.

길을 걷는 동안 당신이 잠깐만이라도 소유에 대한 집착에서 풀려난 것은 죽을 때 놓을 수밖에 없는 소유에 대한 훈련으로도 너무나 훌륭합니다.

그리고 언젠가는 이 산티아고 순례길을 당신이 다시 걸으리라는 희망이 당신의 삶을 더욱 편안하게 이끌어주고, 바로 볼 수 있는 용기를 줄 것입니다.

당신이 꿈을 죽이고 있는 생각의 틀에서 벗어나 마음의 결정을 했다면 오늘 당장 산티아고로 떠나세요.

산티아고 순례길(Camino de Santiago)이란?

 산티아고 순례길은 예수의 12사도 중 한 사람인 성 야곱의 유골을 모시고 있는 북 스페인의 산티아고 콤포스텔라 대성 당까지 가는 1,000년이 넘은 오래된 가톨릭의 순례길이다.

산티아고 순례길(Camino de Santiago)의 Santiago는 스페인 말로 성 야곱(Sant Iago)의 합성어이고, Camino는 길이란 뜻으로 직역하면 성 야곱의 길이란 뜻이다.

콤포스텔라(Compostela)의 어원은 별들(stellae)의 들판(campus)이다.

전설에 의하면 예수는 십자가에 못 박혀 사망하기 직전에 그의 사도들이 더 넓은 세계로 복음을 전도하도록 독려하였고, 그러한 뜻에 따라 사도 야곱은 이베리아 반도에 복음을 전파하기 위하여 스페인 북부지방(지금의 갈리시아)으로 들어가 포교활동을 하였다. 7년 동안 이 지역에 가톨릭의 복음을 전파한 사도 야곱은 예루살렘으로 다시 돌아가 예수 사후 42년경 헤롯왕에 의해 참수되어 예수의 12제자 중 첫 번째 순교자가 된다.

순교 후 제자들이 그 시신을 거두어 돛도 노도 없는 조그만 배에 실어 바다에 띄워 보낸다. 이 쪽배는 지중해를 건너고 지금의 지브롤터 해협을 지나 이베리아 반도 해안을 따라 북상하여 갈리시아까지 떠내려왔고, 미리 계시를 받고 기다리던 제자들에 의해 리브레돈이란 산자락에 묻히게 된다. 그리고 오랜 세월 이 무덤은 세상 사람들로부터 잊혀지게 된다.

그리고 750여 년이 경과한 어느 날(813년) 은둔 수도사인 페라요가 찬란한 빛을 따라 숲속 자그마한 동굴로 가서 그 빛이 비추이는 곳을 파서 유골과 양피지를 발견하게 된다. 그 유골을 확인한 지역의 주교 테오도미로는 그것이 성 야곱과 제자 아타나시오와 테오도로의 유해임을 공식적으로 인증하였고 많은 순례자들이 이곳을 찾기 시작하였다.

1189년 로마 교황 알렉산더 3세는 산티아고 콤포스텔라를 로마, 예루살렘과 동등한 성지로 선포하였다.

또한 산티아고의 축일인 7월 25일이 일요일이 되는 '가톨릭 성년'에 산티아고 콤포스텔라에 도착하는 순례자는 평생 지은 죄를 속죄받고, 다른 해에 도착하는 순례자도 지은 죄의 절반을 속죄받을 수 있다고 선언함으로써 성 야곱의 유골이 안치된 산티아고 콤포스텔라 성당은 수많은 순례자가 찾아가는 유럽 제일의 성지가 되었다.

이때부터 중세 유럽의 여러 나라에서 출발하여 피레네 산맥을 넘어 산티아고 콤포스텔라까지 가는 다양한 순례의 길이 형성되었다.

많은 사람들이 영적인 믿음을 위하여, 때로는 정치적인 목적으로 또는 병을 낫게 해달라고 이 길을 걸었고, 어떤 사람은 장사로 부를 얻기 위해, 또 죄수들은 감옥에 가는 대신 이 길을 걷는 형벌을 받고 걷기도 하였다.

중세에 물론 바캉스나 레저의 개념은 없었지만 일부 순례자는 여행의 즐거움을 위해 또는 아내나 농사로부터 벗어나기 위해 이 길을 걸었다.

12세기에는 연간 50만 명이 넘는 순례자들이 산티아고 콤포스텔라를 향한 순례의 길을 나섰다는 기록이 전해진다.

15세기까지 번성하다가 이후 순례자의 수가 줄어들며 거의 잊혀져 가던 이 순례길은 1982년 교황 요한 바오로 2세가 산티아고 콤포스텔라를 방문하면서 사람들이 다시 찾기 시작하였고, 가톨릭의 성스러운 해에 해당하는 1996년에는 10만 명이 넘는 사람들이 콤포스텔라까지 걸었으며 이후 해마다 증가하는 추세를 보이고 있다.

현대에는 신앙의 영적 충만을 위하여 걷는 사람도 아직 많지만, 더 많은 사람들이 특별한 계기에서 자신을 돌아보기 위해서, 명상의 시간을 가지기 위해서 또는 스포츠 레저의 목적으로 이 아름다운 길을 걷고 있다.

유럽대륙의 여러 나라에서 출발하여 산티아고로 향하는 다양한 길이 있어왔지만 현재는 대부분의 순례객들이 프랑스의 생장피에드포르에서 출발하여 산티아고 콤포스텔라까지 가는 약 800km의 프랑스 길(Camino Francais)을 걷고 있다. 일반적으로 말하는 산티아고 순례길은 이 길을 의미한다.

이 길은 1993년에 세계문화유산으로 등재되었다.

길 위의 역사

이러한 순례길의 역사와는 별도로 이 시기 이 지역 스페인의 역사를 살펴보기로 하자.

서기 710년 북아프리카 전역을 정복한 아랍의 우마이야 왕조는 711년 지브롤터 해협을 건너 이베리아 반도 전역을 지배하였다.

이슬람 무어인의 지배하에 놓인 스페인에서는 서기 800년대에 접어들면서부터 북부지역의 작은 로마 가톨릭 왕국을 주축으로 하여 국토회복운동(레콩키스타)이 시작된다.

바로 이러한 시기에 스페인 북부 아스투리아스 왕국의 국왕 알폰소 2세가 812~814년에 걸쳐 갈리시아를 점령하면서 성 야곱의 유해를 이 지역에서 발견했다는 주장을 하게 된다.

알폰소 국왕은 성인의 유해를 모신다는 명분을 앞세워 카롤루스 대제와 로마 교황이 아스투리아스 왕국을 승인하고 또한 지원을 얻어내는 데 성공했으며, 유해를 발견한 장소에 산티아고 콤포스텔라 성당을 세웠다. 동시에 산티아고(성 야곱)를 이슬람을 멸망시키는 성인으로 공경하여 이때부터 스페인에서는 산티아고를 스페인을 수호하는 성인으로 모시게 되었다.

이후 1492년 무어인들이 이베리아 반도에서 완전히 철수할 때까지 계속된 레콩키스타에서는 이슬람 세력을 몰아내고 가톨릭의 성지를 수호한다는 명분이 더해지게 된다.

순례길이 시작된 동 시기에 진행된 국토회복운동이 순례길의 탄생에 어떠한 직접적인 영향을 미쳤는지 아직까지 뚜렷하게 밝혀진 것은 없으나, 산티아고 순례길이 이슬람 세력과 대치하던 그리스도 왕국들에 힘을 실어주고 나아가 이베리아 반도의 통일을 이루는 데 있어 중요한 역할을 한 것은 분명하다.

산티아고 길의
여행노트

Camino de
Santiago

생장피에드포르에서

It doesn't matter; the important thing is to start. You won't regret it and for sure you will come back.

에펠탑이 창밖으로 내다보이는, 남열호 씨 댁에서 하룻밤을 신세지고 아침 10시 10분 파리 몽파르나스역에서 바이욘행 TGV에 몸을 실었다.

바이욘에서 생장피에드포르행으로 갈아타는 시간이 10분밖에 되지 않아서 신경이 좀 쓰이지만 조금 긴장하면 되겠지, 걱정을 내린다.

창밖에는 봄빛이 완연하다.

하얗고 또 노란 꽃망울들이 TGV 창밖을 스쳐 지나간다.

시차와 어제 저녁을 먹으면서 박 부장과 함께 마신 몇 잔의 와인과 아르마냑 때문에 피곤하지만 바이욘이 종착지가 아니라 마음 놓고 눈을 붙일 수도 없다. 바이욘을 30여 분 남겨둔 듯한데 역무원이 생장피에드포르행 승객을 일일이 확인하고는 연결기차가 먼저 떠나서 생장까지는 택시로 실어준단다.

기차 대신 택시라니 웬 떡인가! 여행 시작부터 기분이 괜찮다.

생장행 일행이 7명이라고 했는데, 한 명이 행방불명. 6명이 택시 2대에 나누어 타고 생장으로 갔다. 행방불명된 한 명은 카미노를 걸은 지 20여 일 지나 폰페라다에서 우연히 저녁을 같이한 싱가포르 여학생이었다.

이름이 비슷한 바이욘 전 역에서 잘못 내리는 바람에 고생 끝에 생장에 저녁 늦게 도착해서 다음날 하루를 쉬고 카미노를 걷기 시작했단다.

내 옆에 앉은 빌과 브라이디는 빌이 아일랜드 대학원에서 법학을 공부하고 고향인 미국 미시간으로 돌아가는 길에 브라이디가 합류해서 작년 6월부터 유럽 배낭여행을 하는 중인데, 마지막 일정으로 산티아고 순례길을 걷고 미국으로 돌아가서 직장을 잡을 예정이라고 한다.

졸업하면 군대 가고 또 직장 잡기에 정신없는 우리네 젊은 날을 생각하면 그 여유로움이 너무나 부럽다.

생장마을 중심인 듯한 곳을 한참 지나 기차역 앞에 우리를 내려주는 택시기사에게 순례자 사무소를 물어보니 지나온 마을길로 다시 올라가면 된다고 친절하게 알려준다. 우리 모두가 배낭 메고 순례자 사무소를 찾아간다는 건 분명히 알 텐데도!

역시 프랑스에 다시 온 실감이 난다.

기차 대신 제공되는 택시니까 기차역까지 실어준다는 원칙을 지킨 것이다.

다시 한참을 거꾸로 오르막길을 걸어서 옛 거리에 위치한 순례자 사무소를 찾았더니 마음씨 좋게 생긴 할아버지가 크레덴셜(순례자 여권)을 발급해서 첫 번째 칸에 큼직한 초록색 도장을 찍어준다.

크레덴셜

크레덴셜(Credencial del Peregrino)

크레덴셜(Credencial del Peregrino)은 순례길을 걷는 동안 순례자임을 증명해 주는 여권이다. 이 크레덴셜이 있어야 순례자 숙소 알베르게를 이용할수 있으며, 알베르게에 도착해서 먼저 이 크레덴셜을 보여주면 각 숙소마다 특색 있는 스탬프를 찍어주고 침대를 배정해 준다.
출발지 생장피에드포르 순례자 사무소나 순례자협회가 있는 출발지에서 발급받을 수 있다.
통상 800여 km의 길을 도보로 걷는 것이 정석이나, 공식적으로는 도보로 100km, 자전거 또는 승마로 200km 이상을 순례한 다음 최종 목적지인 산티아고에 도착 후 이 여권을 순례자협회에 제출하면 순례자증명서를 받을 수 있다.

과연 이 하얀 여백에 몇 개의 스탬프를 채울 수 있을까?

할아버지는 앞으로 걸어갈 순례길의 알베르게와 마을까지의 거리가 표시된 안내문과 가방에 메달 가리비 조개껍질 하나를 챙겨주며 내일 넘어야 되는 피레네 산맥에는 눈이 아직 녹지 않았기 때문에 위험하니 나폴레옹 루트로 가지 말고 발카를로스 코스로 가라고 몇 번이나 당부를 한다.

원래 계획한 나폴레옹 루트의 눈상태가 어떠한지 얼마나 걸릴지

몇 가지를 물어보니 아무래도 미심쩍은지 며칠 전 두 사람이 나폴
레옹 루트로 가다가 실종됐는데 동사체로 발견되었다며 강력히 경
고를 한다.

그래, 목숨 걸 일 없지!
두꺼운 옷도 없는데 윈드 재킷 하나 껴입고 얼어 죽기에는 너무
추울 것 같고, 겨울 안개 낀 산길을 혼자 찾아갈 자신도 없으니 발
카를로스로 가자.

할아버지가 소개해 준 좁은 구시가지 길 끝자락의 알베르게를 찾
아서 불어 몇 마디 한다고 반가워하는 아주머니가 안내해 준 침대
에 배낭을 놓고 동네 산책을 한다.
니브 강가에도 연초록 잎들이 아직도 차게 흐르는 강물 위로 드
리워졌다.
봄은 어느새 이 피레네 산속 작은 마을에도 찾아오나 보다.
내일 시작할 대 여정에 잠을 뒤척인다.

생장피에드포르(St. Jean Pied de Port)

고대 바스크족의 수도이자 대표적인 산티아고 순례길의 전통적인 출발점으로 각 국에서 온 순례자들로 붐비는 프랑스령 피레네 산맥 기슭의 인구 1,500명의 작은 마을이다.
언덕을 따라 견고한 성벽에 둘러싸인 구시가지를 중심으로 알베르게, 호스텔, 호텔 등 다양한 숙박시설과 식당, 카페들이 연중 찾아드는 순례객을 맞이하고 있다.

순례자 전용숙소 알베르게(Albergue)

　순례 중에는 마을마다 '알베르게'라 불리는 순례자 전용숙소에서 잠자리와 때로는 취사를 해결할 수 있어서 유럽의 비싼 물가도 가뿐히 극복할 수 있고 순례여행의 의미도 되새길 수 있어서 좋다.

　성당이나 지자체에서 운영하는 순례자 전용숙소인 알베르게는 방 하나에 10~20명에서 100명 이상을 수용할 수 있을 정도로 큰 알베르게도 있다. 보통 시에스타 후 오후 4~5시 사이에 문을 열고 아침 8시 이전에 침대를 비워줘야 한다.

　예약은 할 수 없으며, 도착 후 크레덴셜(Credencial del Peregrino)

순례자 전용숙소 알베르게

을 제시하면 스탬프를 찍어주고 침대를 배정해 준다.

통상 1박만 허용되나 몸이 불편할 경우에는 추가 숙박도 가능
하다.

성당이나 지자체에서 운영하는 알베르게는 평균 5~6유로이며,
일부 성당이나 수도회에서 운영하는 알베르게는 능력껏 기부하는
도네이션 방식으로 운영하기도 한다.

순례자는 주로 성당이나 지자체에서 운영하는 알베르게를 이용
하지만 개인의 필요나 능력에 따라 사설 알베르게, 펜션 또는 호텔
을 이용하기도 한다. 사설 알베르게는 평균 7~10유로, 원룸펜션은
20~30유로이다.

일부 취사시설이 있는 공영
알베르게에서는 길동무들과
같이 동네상점에서 식재료를
구입하여 샐러드나 스파게티
등 간단한 음식을 만들어 나누
어 먹기도 한다. 사설 알베르

게 식당이나 바에서 파는 순례자 메뉴는 와인을 포함해서 보통 10
유로로 많은 순례자들이 이용한다.

아침은 카페 콘레체(밀크커피)에 크로와상이 2~3유로, 점심은
간단한 보까디요(샌드위치)나 또띠야(감자오믈렛)로 하며 5~7유
로 정도이다.

보통 이른 아침 출발시간에 바나 식당이 문을 열지 않는 경우가 많고, 점심시간에 바나 식당이 있는 마을을 만나기가 수월치 않기 때문에, 전날에 약간의 과일과 빵 등의 요깃거리를 준비해 가는 것도 좋다.

또한 두 시에서 네 시 또는 다섯 시까지는 시에스타로 대부분의 상점과 식당이 문을 닫는다는 점도 유의해야 한다.

가는 길 중간중간에 순례자를 위한 식수대가 있으나 오염으로 먹지 못하는 곳도 많기 때문에 알베르게를 출발할 때 물은 1리터짜리 하나 정도는 채워가는 것이 좋다.

죽을 때 가지고 갈 수 없는 것은 중요한 것이 아니다

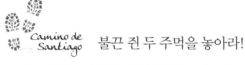
불끈 쥔 두 주먹을 놓아라!

지금까지 존재했던 세상의 모든 적들을 향해,

또 앞으로 나타날 적들을 향해 불끈 쥔 두 주먹을 놓아라.

한 걸음 한 걸음 어쩔 수 없이, 모든 것을 놓을 수밖에 없는 그 순간이 다가오고 있기 때문이다.

그렇게 많이 가진 사람도 더 가지기 위해, 또 지키기 위해 의심하고, 화내고 고함치지 않는가.

지금 나에게 필요한 것은, 죽을 때 가지고 갈 수 없는 것은 중요한 것이 아니라는, 티베트인의 지혜뿐이다.

피레네 산자락의 따스한 햇볕, 산들거리는 바람, 막 피어나는 수선화와 매화, 이름 모를 길가의 야생화와 날개에 초록물이 든 노랑나비, 쉬임 없이 흐르는 물소리와 잠깐 귀 기울이면 들리는 산새소리!

이만한 행복이 어디 있는가?

초록이 돋아나는 아름다운 피레네 풍광을 즐기며 완만하게 차도를 따라 올라가던 길이, 론세스바예스 4.8km 남았다는 팻말을 끼고 접어든 오솔길부터는 정말 힘이 든다.

아직은 못 덜어낸 내 인생의 무게가 그대로 배낭에 얹혀간다.

추울까봐, 배고플까봐 하나씩 올려놓은 욕심의 무게가 오늘 순례길 첫날을 무척이나 힘들게 한다.

군데군데 쌓인 눈도 아직은 녹지 않아 미끄럽다.

숨을 몰아쉬며 무거운 다리를 끌면서 올라온 이바네타 고갯마루 성당 앞에서 그대로 드러누웠다.

고갯마루를 지나가던 차 한 대가 선다. "괜찮아?" "그래, 괜찮아." "뭐 도와줄 것 없니?" "혹시 물 있어?" 30대 중반쯤 되어 보이는 부부가 차에서 내리더니 트렁크에서 생수 한 병을 꺼내서 내민다. 그 자리에서 벌컥벌컥 한 병을 다 마셔 버렸더니 이제야 살 것 같다. 리스본에서 바캉스차 스페인 북부지방을 돌고 있다고, 언젠가는 자기들도 걸어서 이 길을 가고 싶단다. "Buen Camino!"

이바네타 고개에서 이십 분쯤 내려가니 교회 종루와 웅장한 고딕식 건물의 뒷모습이 아래로 보인다.

첫 밤을 보낼 론세스바예스 수도원이다.

론세스바예스 (Roncesvalles)

피레네 산맥을 바로 넘어 해발 1,000m의 산속에 있는, 아우구스티누스회 수도사들이 1132년부터 순례자들을 돌보던 가장 오래된 구호병원이 있는 지역이다.

원래 순례자 구호병원 건물이었던 대성당 부속의 웅장한 고딕식 건물은 지금도 순례자를 위한 알베르게로 1년 내내 손님을 맞고 있다.

본관의 긴 숙소에는 120개가 넘는 침대가 있으며 순례자가 많이 찾지 않는 겨울철에는 10~20명 정도가 잘 수 있는 작은 숙소를 제공한다.

이층침대가 8개 빼곡한 방 안쪽 침대 아래칸에 자리를 잡았다.

오늘은 너무 지쳐 저녁 생각도 없다.

수도원 한 모퉁이의 식당에서 만난 도쿄에서 온 마코토와 딸이 한국에서 2년간 영어강사를 한 덕에 서울과 제주까지 가봤다는 캐나다 순례객과 같이 맥주 한 잔을 하고 나서 대성당과 수도원 주위를 한 바퀴 돌았다.

1,000m 고도 피레네 산속의 밤공기는 차다.

초승달과 호위하는 별들이 하늘 가득 내려앉았다.

죽을 때 가져가지 못할 추리닝 바지 하나와 셔츠 한 개, 양말 한 켤레를 빼서 버리고 인생의 무게를 줄인다.

오래된 영혼들과 함께한 피크닉

아침 7시 30분, 서리가 하얗게 앉은 길을 따라 수도원을 떠난다.

한 시간을 걸어 헤밍웨이가 머무르며 『태양은 다시 떠오른다』를 썼다는 부르게테 호텔을 지나, 론세스바예스를 출발한 순례자들을 위해 아침 일찍부터 문을 열어 유명하다는 프론톤 카페에서 카페 콘레체 한 잔과 크로와상 하나로 아침을 때우고 편안한 비탈길을 걷는다.

오늘 점심은 목적지인 수비리의 중간쯤 되는 마을 헤레디아인의 슈퍼에서 산 오렌지 2개와 바게트 반 토막, 어제 지나온 피레네 산중 마을 아르네기산 쵸리소로 마을이 내려다보이는 양지바른 언덕의 교회 묘지 앞 벤치에 피크닉 상을 차렸다.

오랜 세월 마을을 떠나지
못한 영혼들과, 먼 길 돌아
다시 고향을 찾아온 영령, 그
리고 또 긴 순례길에 영면했
을 모든 먼저 가신 분들과 함
께하는 점심이다.

마을마다 양지바른 언덕 또는 교회의 뒷마당에는 공동묘지가 있
다. 순례길을 따라 길가 곳곳에도 자그만 돌무덤과 나무십자가가
있고, 자세히 보면 이름과 이 땅에 머물러 있던 기간이 쓰여 있다.
오랜 시간 이 길을 걸은 순례자만큼이나 많은 죽음이 이 길을 동무
해 주고 있다.

피레네 산자락 오솔길 곳곳에는 몇 미터씩 줄을 이어
가는 송충이들의 긴 순례행렬(?)이 기이하다.

따뜻한 봄볕과 달콤한 유럽의 봄꽃향기에 행복했다.

조금은 가파른 내리막 비탈길을 걸어 오후 3시쯤 수비리 알베르게에 도착하니 마코토가 반긴다. 한참을 기다려도 호스피텔레로가 오지 않아 빈 침대 하나 자리 잡고 샤워부터 한다.

5시가 다 되어 여주인이 나타난다.

내가 두 시간 이상을 기다렸다고 해도 미안한 기색이 전혀 없이 빤히 쳐다본다.

아차, 이게 시에스타이다. 2시에서 5시 사이는 잠자는 시간인데 그때 찾아 들어온 내가 미안하다!

저녁은 알베르게 주인이 운영한다는 바(Bar)에서, 북부 이태리에서 온 일행 3명― 조르지오, 앙드레아, 도미니크― 그리고 마코토와 10유로짜리 순례자 메뉴를 시켰다. 모든 순례자 메뉴에는 와인이 무료로 포함된다.

스페인의 주 와인산지인 리오하, 나바레와 인접하여 와인의 맛도 괜찮아서 술 좋아하는 사람은 인당 반 병은 마신다.

도미니크는 밀라노에서 온 은퇴한 저널리스트로서 이태리 출발 전 카미노에 갑자기 한국 사람들, 특히 젊은 여성들이 많이 늘어난 이유에 대한 가십성 기사를 읽었는데, 이유인즉 한 한국여성이 카미노를 걷다가 남자친구를 만났다는 내용의 책을 읽고 그러한 기대 때문이라고 쓰여 있었단다.

그게 아니고, 아마도 제주 올레길을 만든 서명숙 씨가 쓴 책에서 카미노를 걷는 도중 파울로 코엘료도 만나고, 그 길에서 감명을 받

아 귀국한 후 고향 제주도에 올레란 한국판 카미노, 올레길을 만들었는데 그런 내용이 와전된 것 같다고 하니, 분명히 남자를 사귄 얘기가 나오는 책이 있다고 우긴다.

몇 년 전부터 카미노를 방문하는 한국 사람들이 갑자기 늘어난 것에 대해 이곳 사람들은 적이 놀란다. 동양의 저 끝, 어디에 있는지도 모르는 작은 나라에서 오는 순례객 숫자가 2009년 국가별 순위에서 오랜 순례의 역사를 가진 일본을 제치고 10위라고 하니 화제가 될 법도 하다. 나도 이번 카미노에서 5, 6명의 젊은 여성들을 만났는데, 10kg가 넘는 가방을 메고 씩씩하게 걷는 모습이 대단하다. 한국 여자는 역시 강하다!

여러 나라에서 온 순례자

산티아고 순례길에서 제일 많이 만나게 되는 순례자는 물론 스페인 사람이다. 그 다음은 독일, 프랑스, 이태리, 오스트리아 등 전통적인 유럽의 가톨릭 국가 사람들이고 미국과 캐나다 순례자들도 자주 만나게 된다.

내가 걷는 도중에 만난 동양인은 일본과 한국인이 전부이며, 오래전부터 이 길을 알고 걸어오던 일본인 여행객을, 최근 몇 년 전부터 한국인들이 갑자기 늘어나면서 압도적으로 추월했다. 이제 이 길에서는 외국인들이 동양인을 만나면 한국인이냐고 먼저 물어보는 경우가 많다. 세계 어디를 가나 마주치게 되는 중국인은 아직 카미노에서는 볼 수가 없다.

돌고 도는 생각 털어내기

 수비리 알베르게를 나서니 잔뜩 찌푸린 하늘에서 비가 뿌린다. 피레네산 쪽 먹구름이 험악하다.

길을 걷기 시작한 지 3일째.

수많은 화면들이 머릿속을 쉬임 없이 흘러간다.

기억이 미치는 먼 옛날, 봄볕 따사로운 담벼락 아래에서 강아지 목을 안고 뒹굴며 놀던 어린 시절부터, 왜 지금 이 길 위에 서 있는 지도 모르는 이 순간까지, 쳇바퀴처럼 돌아가는 영상이 몇 번이고 흐르게 내버려둔다.

생각을 하지 말고 그대로 흘러가게, 수도 없이 흘러 영상이 흐릿 해질 때까지…

마코토가 따라온다.

마코토는 대학에서 원예를 전공하고 2년간 같은 계통 직장에 다니다 그만두고 카미노를 걷는 29살의 도쿄에서 온 일본 청년이다. 길을 걷고 돌아가면 올가을 후쿠오카에서 직장 다니는 여자친구와 결혼식을 올리고 1년간 같이 세계일주를 할 거란다.

어제 숙소의 TV는 온통 일본의 도시를 휩쓰는 쓰나미로 도배를 했다. 거대한 물결이 건물과 사람을 다 삼켜버린 대재앙 속의 일본인들은 섬뜩할 정도로 침착하다. 역시 강한 민족이다.

마코토도 도쿄의 부모님께 전화를 했는데 통화가 안 된다고 하면서도 역시 침착하다. 엄청난 재앙 앞에 적당히 위로할 말을 찾지 못한다. …

　아르가 강의 왼편 산기슭에서 굽이굽이 세차게 흐르는 강물을 내려다보며 오솔길을 오르락내리락하며 한참을 따라 걷는다.

　산길에서 느려지는 나에게 보폭을 맞추는 마코토에게 먼저 가라 하여 헤어진다.

　조그만 돌다리를 건너 급류에서 연신 낚싯대를 뿌리는 루어 낚시꾼들을 뒤로하고 언덕 위 예쁜 작은 성당 사발디카를 지나, 다시 아르가 강 오른편 경사진 언덕길을 따라 계속 숨가쁘게 올라간다.

　한참을 따라오던 아르가 강과 헤어져 미라바예스 산허리를 비스듬히 돌아가니 드디어 팜플로나 교외의 신시가지가 보인다.

　팜플로나는 기원전 1세기에 로마의 한 장군이 세웠다는 높은 성

벽으로 둘러싸인 요새형 도시로 순례길의 번성을 따라 성장해 온 인구 19만 명의 대학 도시이다.

웅장한 성곽길을 따라 성채 안 구시가지로 들어가서 관광 안내소를 찾았다. 구시가지 중심지의 호텔 몇 곳을 소개받아 1층에 바가 있는 건물의 3층 방 하나를 40유로에 잡았다. 침대는 푹 꺼지지만 오랜만에 욕조에 몸을 담그고, 빨래까지 해서 스팀 위에 널고 나니 며칠간 쌓인 피곤이 몰려온다.

저녁 8시쯤 길거리로 나가니 골목마다, 바와 식당마다 수많은 사람들로 인산인해를 이루었다.

소떼와 사람들이 골목길을 한꺼번에 냅다 뛰는 산페르민축제도 아직은 멀었고, 무슨 다른 대단한 축제가 있나 했더니 주말을 즐기는 사람들이란다.

길가에 내놓은 테이블마다 와인잔, 맥주잔을 들고 떠들썩한 사람들 구경하며 들른 한 바에서 타파스에 와인 한 잔 하고 오래된 구시가지 골목길을 한 바퀴 돈다. 그리고 나서 카스티유광장의 세비야란 이름의 카페에서 파엘라 마리스코스와 함께 산미겔 두병을 마셨다.

어둠이 내리는 광장을 오가는 많은 사람들, 뛰어다니는 아이들의 웃음소리, 아직 산티아고까지는 710km 떨어진 이 아름다운 도시 광장의 한 모퉁이 카페에 앉아서 나는 아내와 우진이, 원진이 얼굴을 떠올린다.

아직도 술 마시는 사람들로 왁자지껄한 골목길을 걸어 호텔로 돌아와서 산미겔 한 캔을 더 마시고 오랜만에 푹 잤다. 꿈속에 별로 기분 좋지 않은 모습들이 나타났지만 별 영향은 없다.

마음을 열면 모든 게 편안해질 수 있다는 계시를 팜플로나에서 받다.

산페르민축제

3세기경 팜플로나를 수호했다는 성인 산페르민을 기리는 축제로 매년 7월에 열린다. 축제의 하이라이트는 구시가지의 좁은 골목을 사람과 소가 한데 뒤엉켜 질주하는, 스페인 사람들의 열정을 보여주는 위험한 경주로 해마다 사상자가 생긴다.

또한 매력적인 젊은 여성들이 브래지어를 벗어던지고 술을 몸에 끼얹고 포옹하는 이벤트도 관광객들에게 볼 만한 구경거리이다.

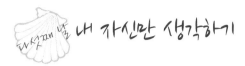 내 자신만 생각하기

 머릿속을 돌아가는 생각들은 거의가 내 자신에 대한 것들이다.

이 길을 시작하면서 이번에 내가 이 길에서 가지는 시간과 공간은 내 자신만을 위해 쓰기로 작정을 했다.

지금까지 내 시간의 대부분은 나의 의사와 관계없이 가족, 친구, 직장동료, 선후배, 그리고 이런저런 고리로 얽혀온 많은 사람과 공유되어 왔다.

그래서 이번 길에서는 '나'만 생각하기로 했다.

언제나처럼 다른 어느 누구에게 설명할 보도용 대화는 머릿속에서 지워버리고 나 자신에게만 설명하고 나 자신하고만 대화한다.

아침에 반신욕을 하고 나니 9시, 아직은 인적이 드문 일요일 아침의 팜플로나를 떠난다.

골목마다 어젯밤 거의 광란의 주말 파티 흔적이 가득하다. 온갖 쓰레기, 깨진 유리조각에 제대로 걸을 수가 없다. 오래전 마드리드 선술집에서 늦은 밤까지 맥주잔 탁자에 두드리며 노래하고 술 마시던 기억도 있지만…,

마시고 즐기는 데 스페인 사람들의 열정은 정말 대단하다.

발전용 풍차가 능선을 따라 끝없이 늘어서 있는 페르돈 봉을 향해 경사진 언덕길을 올라간다. 아직은 진흙과 자갈이 뒤섞인 길이 군데군데 비 흔적에 질척이지만 이만하면 다행이다. 떠나기 전 읽은 어느 순례자의 여행기에서 비올 때 이 길을 올라가는 게 지옥 같았다는 표현이 실감난다.

진흙길에서는 신발에 덕지덕지 붙은 진흙이 땅에 질척이는 진흙에 달라붙어서 한 걸음 한 걸음이 마치 돌덩어리를 매달고 가는 것처럼 힘이 든다.

샤를마뉴 대제의 기독교군이 이슬람군대(일설에는 바스크인)에게 대패했다는 곳이 바로 여기다.

페르돈 봉을 향해 세 시간 남짓 올라간 자르키에키 마을에서 지나온 길 너머로 멀리 팜플로나와 그 뒤에 펼쳐진 장엄한 피레네의 산군을 바라다보며 잠깐 쉬어간다. 등산화를 풀고 양말까지 벗어 따스한 햇살에 말리며 오렌지와 바나나로 점심을 대신한다.

어제 오랜만에 푹 자서 그런지 컨디션이 아주 좋다.

앞으로도 가끔은 호텔이나 펜션에서 목욕도 하고 제대로 피로를 풀면서 가야겠다.

페르돈 봉 꼭대기에 철로 만든 중세 순례자의 군상들 앞에서 한숨 돌리고, 때맞춰서 차로 올라온 부부에게 사진 한 장을 부탁한다.

전체 25km인데도 페르돈 고갯길에 힘을 써서 그런지 푸엔테 라 레이나로 내려가는 길은 멀다.

8시간 좀 넘게 걸려서 푸엔테 라 레이나에 도착, 알베르게에서 다시 만난 이태리 삼인방과 같이 순례자를 위한 저녁미사에 참석했다.

미사 중간중간 펠레그리노, 카미노 외에 귀에 잡히는 단어는 없지만, 이 길을 걷는 순례자에게 주는 신부님의 축복이시겠지.

동네주민 10여 명, 우리 포함 5명의 순례자가 앉아 있는 지금은 조용한 이 마을의 성당도 지나간 날의 영화를 말하는 듯 화려하다.

스페인 메뉴에 ensalada와 balsamico의 두 낯익은 단어로 유추해서 시킨 샐러드에 아보카도와 염소치즈가 함께 나와 맛있게 먹었다.

페르돈 봉

팜플로나에서 푸엔테 라 레이나로 가는 길을 가로질러 길게 늘어져 있는 해발 790m의 봉우리로 비온 뒤 올라가는 진흙길은 거의 지옥길이다.

1816년까지 순례자 구호소가 있었다는 기록이 있으나 지금은 능선을 따라 40기의 풍력발전용 풍차만 돌아가고 있다.

정상에는 철로 만든 순례자 군상들이 있으며, "바람의 길이 별의 길과 만나는 길"이라는 문구가 쓰여 있다.

홀로 걷는 길, 함께 가는 길

여섯째 날

아침 7시 반쯤 알베르게를 떠나 오래된 돌집들이 늘어선 긴 골목 중간의 카페에서 커피 한 잔 하고 아름다운 푸엔테 라 레이나 다리를 넘어 낮은 언덕을 오르락내리락하며 두어 시간 걸어 오솔길 모퉁이에 배낭을 내린다.

가이드북을 찾으니 없다.

아마도 알베르게나 커피 마신 카페에 놓고 온 모양이다. 아직 갈 길이 먼데 그 책 하나에 의존하고 있으니 막막하다. 돌아가기에는 너무 멀리 왔고 에스테야에서 간단한 지도라도 살 수 있을지 머리가 복잡해진다.

저기 마코토와 또 한 명의 일본인 친구들이 오면서 반갑게 손을 흔들더니 배낭에서 주섬주섬 책을 꺼낸다. 내 가이드북이다.

푸엔테 라 레이나의 알베르게를 떠날 때 독일친구 스테판이 세면장에서 발견한 것을 한글판이라 아마도 내 것 같아서 챙겨 왔단다.

날아갈 것 같은 기분이다. 무거운 배낭을 메고 언덕길을 오르다 보면 휴지 몇 장이라도 꺼내 버리고 싶은데, 꽤 두꺼운 책을 이렇게 챙겨준 게 너무 고맙다. "에스테야에서 내가 와인 한 잔 살게!"

길을 걷다 보면 걷는 속도가 비슷한 사람끼리는 길이나 숙소에서 자주 마주치게 된다. 좀 친숙해지고 마음도 맞으면 길동무 삼아 같이 움직이는 경우가 많다. 막막한 길에서 의지도 되고 말벗이 되어 좋기도 하지만 불편한 점도 있다.

나는 처음부터 혼자 걷기로 작정을 하였다.

물론 길이나 숙소에서 만나면 반갑게 이야기도 하고 식사나 와인도 하지만 같이 묶여서 움직이지는 않겠다는 것이다.

내 자신을 돌아보는 시간을 좀 더 가지고 싶었고, 모처럼의 홀로 된 자유를 더 만끽하기 위해서였다.

에스테야의 알베르게는 자고 나서 다음날 떠날 때 자기 능력껏 도네이션으로 운영하는 시스템이다. 이태리 밀라노에서 변호사를 한다는 아줌마가 휴가기간을 이용해서 일주일간 호스피탈레로(숙소관리인) 자원봉사를 하고 있는데, 저녁은 모두 같이 알베르게에서 해 먹는 게 어떠냐고 한다.

카미노 길에는 성당이나 수도회에서 이렇게 도네이션 방식으로 운영하는 알베르게가 20여 개 되는데, 무전여행을 하는 순례자들은 주로 이러한 알베르게에서 숙식을 해결한다.

　스페인 사람은 또띠야, 한국·일본인은 샐러드, 이태리 자원봉사자 호스피탈레로와 독일계는 쵸리소 스파게티, 떠들썩하게 다국적 저녁상이 차려졌다. 나는 괜찮은 리오하 와인 3병과 빵을 샀다.

　영어, 스페인어, 독일어에다 중간중간 한국말과 일본말까지, 모자라는 것은 수화와 몸짓으로 해결한다.

　발굽 모양으로 세차게 흐르는 에가 강을 끼고 있는 인구 15,000명의 아름다운 중세마을 에스테야의 밤이 깊어간다.

호스피탈레로(Hospitalero)

호스피탈레는 라틴어로 중세의 순례자 숙소를 뜻하였으며, 호스피탈과 호스텔을 거쳐 현대 호텔의 어원이 되었다.

호스피탈레로는 숙소 관리자를 의미하며, 성당이나 지자체에서 운영하는 다수의 알베르게에는 자원봉사자들이 호스피탈레로로 일하고 있다. 특히 성당이나 수도회에서 기부금으로 운영하는 20여 개의 알베르게는 유럽 각국의 자원봉사자들이 일주일 단위로 머물면서 운영해 주고 있다.

우리네 삶의 길과 너무나 닮은

어제 저녁부터 잔뜩 찌푸린 하늘에서 아침부터 비가 내린다.

뒤집어쓴 판초에 떨어지는 빗방울 소리를 들으며, 걷고 또 걸어간다.

에스테야에서 30분 거리에 있는 이라체 와인 양조장은 순례자들이 목을 축이라고 포도주가 나오는 수도꼭지를 담장에 달아 놓았다. 근사한 양조장 문양이 새겨진 벽면에 두 개의 수도꼭지가 달려 있는데 하나는 레드와인, 다른 하나에서는 물이 나온다. 많이 숙성된 와인은 아니지만 과일향이 상큼하다.

인터넷 어디선가 본 여행기에 와인을 담아갈 물병을 준비한다는 얘기가 있었는데 여러 순례자를 위한 호의가 지속될 수 있도록 한 잔씩만 목을 축이고 가는 게 좋을 것 같다. 최근에는 늘어나는 순례객들로 인하여 와인이 자주 끊기기 때문이다.

바로 옆에 있는 이라체 수도원은 11세기부터 베네딕트회 수도사들이 순례자들에게 봉사를 해온 곳이지만 지금은 음산한 분위기의 박물관이 되었다.

걷다 보면 새삼 이 길이 우리네 삶의 길과 흡사하다는 생각이 든다.

오늘은 온 종일 비를 맞으며 이렇게 걷고 있고,

어제는 화창한 봄날에 콧노래를 부르며 걸었다.

또 언덕길에서는 짓누르는 배낭의 무게에 오르막의 끝은 어디까지일까.

산등성이만 쳐다보며 걸었다.

노란 화살을 기분 좋게 따라가다가,

표시가 희미해진 갈림길에서는 망설이고,

어느샌가 나도 모르게 놓쳐버린 노란 화살을 다시 찾으려고,

한참을 되돌아 걸었다.

그래도 길은 끝없이 이어진다.

Santiago Compostela까지.

우리네 삶이 언젠가는 다다르는 길의 끝이 있듯이

아마도 산티아고 대성당 지하의 유골단지 옆에 내려놓을,

우리네 가슴속에 묻어둔 단지를 하나씩 껴안고서,

그 길을 걸어간다.

내일은 리오하의 주도 로그로뇨에 시에스타 시작 전에 도착해서 호텔도 찾고 맛있는 타파스도 먹고, 좀 쉬기 위해서, 오늘의 일차 목적지인 로스 아르코스를 통과하여 토레스 델 리오까지 단조로운 구릉길을 8시간 걸어간다.

알베르게에는 에스테야에서 만난 일행들이 속속 도착한다.

이 마을 알베르게 두 개 중 하나는 문을 닫아서 모두 이곳에 모일 수밖에 없다.

침대 모서리, 난방기 위, 그리고 빈 공간마다 비에 젖은 옷과 신발을 말리느라 어수선하다.

나보다 더 큰 배낭을 메고 씩씩하게 잘 걷는 안양에서 온 예쁜 아가씨 이화가 감기에 걸려 핼쑥하다.

가져온 비상 감기약 캡슐 몇 개와 우진이가 준 피로회복제 한약을 챙겨주었다.

집 떠나서 아프기까지 하면 제일 서글프다.

시에스타(Siesta)

스페인어로 낮잠을 뜻한다.

스페인, 이태리, 그리스 등 지중해 연안국가에서 무더운 한낮에는 쉬고 저녁까지 일을 하여 능률을 올리자는 취지에서 시작되었다.

관광객들을 주로 상대하는 대도시의 일부 상점을 제외하고는 거의 모든 상점이나 영업장이 오후 2시에서 4~5시까지 문을 닫고 이 시간에 사람들은 휴식을 즐긴다. 알베르게도 보통 2시 전에 도착하지 못하면 호스피탈레로가 시에스타 후 돌아오는 5시까지 기다리는 경우가 많다.

인간은 꿈꾸기를 멈출 수 없다

"인간은 꿈꾸기를 멈출 수 없습니다.

육체가 음식을 먹고 살아야 하는 것처럼 영혼은 꿈을 먹어야 살 수 있으니까요. 살아가는 동안에 이루지 못한 꿈 때문에 실망하고 충족되지 못한 욕망 때문에 좌절하는 일이 종종 일어나지요.

하지만 그래도 꿈꾸기를 멈추어서는 안 됩니다."

-파울로 코엘료의 순례자에서

유명한 와인산지 리오하의 주도 로그로뇨로 가는 길에는 끝없는 포도밭이 펼쳐져 있다.

비는 로그로뇨까지 계속 따라온다.

시가지로 들어가는 에브로 강 다리 초입의 관광 안내소에서 호스텔을 안내받아 찾아간다.

　대성당 바로 옆 구시가지 중심에 위치한 '라 레돈다'라는 이름의
이 호스텔은 25유로지만, 깨끗하고 아담한 방에 화장실과 샤워룸
이 잘 갖춰져 있다.

　이틀간 계속되는 비에 젖은 옷도 말리고 질척이는 길도 피하기
위해 하루 더 이곳에서 묵기로 결정한다.

　성당과 메르카도광장을 중심으로 한 시가지를 둘러보고 전통 있
는 카페로 유명하다는 모데라
노에서 기네스 한 잔과 칼라
마리 한 접시를 시켰다.

　지금까지 내가 먹어본 가장
맛있는 칼라마리 튀김이었다.

부드러운 작은 오징어에 적당히 바삭거리는 식감까지…

어제 오늘 끊임없이 내리는 빗줄기에 한껏 가라앉았던 마음이 포근한 카페에서 다시 살아난다.

별 마음의 준비 없이 떠나와서 무작정 걷기 시작한 지도 일주일이 지났다.

머릿속을 몇 번 쳇바퀴처럼 돌아간, 기억이 시작되는 내 어린 시절부터 지금까지의 무성영화도 이제는 끝이 나고 마음이 고요하다.

로그로뇨(Logroño)

에브로 강변에 자리 잡은 로그로뇨는 로마의 지배시절부터 번성한 도시였으나, 지리적 중요성으로 인하여 무어인과 프랑스 등 외국세력의 침입과 카스티야, 나바르 등 스페인 내 주요 세력들의 충돌로 수많은 전쟁을 치렀던 도시이다.

지금은 스페인 최고의 와인산지로, 풍요로운 리오하의 주도로서 인구 13만의 대학 도시이다.

비 내리는 로그로뇨에서

비오는 로그로뇨를 서성이다.

다시 모데라노 카페에서 비오는 거리를 바라본다.

막상 하루를 이곳에서 더 쉬었다 가야겠다고 마음을 먹고도 언제나처럼 무언가 불안하다.

이전에 모처럼 휴가를 갈 때마다 특별하게 회사에 남겨둔 일이 없는데도 항상 그랬듯이, 이제 그렇게 쫓길 필요가 없는 삶인데도…

30여 년의 직장이란 틀 안에서 길들여진 생활습관이 몇 달 만에 완전히 바뀌지는 않는 것 같다. 때로는 회의실의 무거운 분위기에 짓눌려 있는 꿈을 꾸다가 슬리핑백 속에서 깨어나는 순간 안도하기도 한다.

로그로뇨 대성당 앞 광장에는 로댕의 조각들이 전시되어 있다.

오늘 하루를 느긋하게 낮잠도 자고, 아직은 이슬비가 내리는 거리를 여유 있게 어슬렁거리다 보니 축 처진 몸이 다시 살아난다.

발바닥의 물집과 부르텄던 부위도 이제는 단단한 굳은살로 바뀌어간다.

오르막길을 걸을 때마다 시큰거려서 나를 불안하게 하던 오른쪽 엉치뼈도 괜찮아지고, 배낭 멘 오른편 어깻죽지의 쓰라림도 이제는 딱지가 앉아서 덜하다. 지난 며칠 계속되던 구역질 증상도 더 이상 없다.

난데없이 날마다 배낭을 메고 끊임없이 걸어가는 이 엄청난 환경 변화에 내 몸이 슬슬 적응하기 시작한 것 같다.

함부르크에서 온 스테판이 내 옆방에 들었다.

로그로뇨 초입의 엘브로 강 다리 위에 있는 관광 안내소에서 같은 호스텔을 소개해 준 모양이다.

함부르크에서 십수 년간 카페를 운영했는데 근간에 장사가 영 시원치 않은데다 10여 년간 동거해 온 아내와의 사이도 예전 같지 않아서 카페는 친구에게 맡겨두고 산티아고로 떠나왔다.

아내가 돌보고 있는 5살짜리 딸 리사와 두 살배기 아들과 와이파이가 되는 알베르게에서 영상통화를 하는 모습이 애틋하다.

저녁에는 스테판과 둘이서 타파스 바 순례를 했다.

줄지어 늘어선 바 골목에서 골라 들어간 곳마다 와인 한 잔을 시키면 따라 나오는, 특색 있는 타파스 맛과 썩 괜찮은 리오하 와인 맛에 이끌려 대여섯 군데를 돌며 취해갔다.

스테판은 티베트 불교신자이다.

티베트 불교, 한국 불교에다 에크하르트 톨레의 NOW까지, 혀
가 꼬부라진다.

결론은, 북부 스페인 순례길의 자그만 도시 바에서 너와 내가 이
렇게 맛있는 와인을 마시고 있는 지금이 가장 소중하다는 것.

이 가톨릭 순례길에 의외로 유럽이나 미주에서 온 서양 불교신자
가 많다. 거의 모두가 달라이 라마를 중심으로 한 티베트 불교신자
이다.

리오하(Rioja) 와인

리오하 주는 스페인을 대표하는 최고의 와인산지이다.
19세기 포도나무 뿌리 진드기 필록세라로 프랑스의 모든 포도원들이 황폐해질 때,
새로운 와인 생산지를 찾아서 대규모로 이주해 온 프랑스 와인 양조 기술자들이
전수한 기술과 경험을 바탕으로 좋은 토양과 기후조건하에서 향이 풍부한 질 좋
은 와인을 생산하고 있다.

열째 날

길에 집중하다

Camino de Santiago "어떤 목표를 향해 움직일 때 길에 집중하는 것은 매우 중요합니다.

목표에 도달하는 최선의 방법을 가르쳐주는 것은 언제나 길이기 때문이지요. 길은 언제나 걸은 만큼 우리를 풍성하게 해줍니다."

―파울로 코엘료의 순례자에서

아침에 샤워까지 하고 느긋하게 8시 반에 로그로뇨를 떠난다.

비는 그치고, 햇볕이 따사로운 봄날이다.

부유한 리오하의 주도답게 로그로뇨의 길바닥에는 예쁜 놋쇠 조가비가 순례길

을 가르쳐주고 있다.

어제 하루를 로그로뇨에서 쉰 것은 기막힌 선택이었다.

끝없이 이어지는 리오하의 비옥한 포도밭 사이의 붉은 흙길을 걸으면서 어제 이 길에서 고생한 사람들 생각에 끔찍하다. 아직은 덜마른 진흙길 사이로 발자국들이 어지럽게 찍혀 있다. 진흙탕을 피한 나는 행복하다.

행복은 역시 상대적인가?

길을 걸으면서 많은 생각들이 녹아내렸다.

길을 걷는 자체에 집중을 하게 되니 새소리, 바람소리, 그리고 물

흐르는 소리가 크게 들린다.

벤토사까지 20km만 걸으려다 마음을 바꾸어서 내처 나헤라까지 30km를 걸었다.

늦게 출발하니 길에서 만나는 사람도 거의 없고, 로그로뇨에서 하루를 더 머물다 오니까 낯익은 얼굴도 거의 없다.

크레덴셜에 도장을 찍고 100명은 잘 수 있을 성싶은 방으로 들어가니 스테판이 활짝 웃고 있다. 망아지만한 회색 개 보비를 데리고 4,000km를 걸어온 독일 방랑자 마티아스도 다시 만난다. 노트북을 꺼내서 리눅스 프로그램에 저장해 놓은 많은 사진들을 자랑한다.

마티아스는 방랑이 본업이다.

　이번에도 독일에서 출발하여 스페인 안달루시아를 거쳐 이 길을
걷고 있다. 술냄새를 풍기며… 처음 보는 사람에게도 점잖게 꼬리
를 쳐주는 개 보비만큼 상냥하지는 않다. 에스티야에서 처음 만난
날 한국인이라고 하니, 첫인사가 "너 개먹지?"였다. "내일 아침에
니 개 없어질지 모르니까 조심해."라면서 웃었다.

　저녁에는 스테판, 벨파스트에서 카보나이트회사를 사직하고 온
제인, 여름에는 카누가이드 그 외 시즌에는 토론토대학에서 캐나
다 역사를 가르친다는 폴, 독일 뮌스터 금융회사에서 인력과잉으
로 6개월 자원휴가 중인 더크, 이 길을 다 걸은 후 고향에 돌아가 새
로운 농업공동체를 시험 운영하겠다는 덴마크 청년 몰슨이 함께 앉

아 떠들썩하게 순례자 메뉴에 와인을 마셨다.

　카미노에서는 처음 만난 사이인데도 사업에 실패하고, 직장에서 강제휴가를 당하고, 대학졸업 후 마땅한 직장을 못 구하고, 또 아내와 이혼을 생각하고 있는 속사정을 서로 이야기한다.

　오랜 친구 사이에도 털어놓기 쉽지 않은 사연들을 처음 보는 낯선 이방인에게 말하는 게 카미노에서는 자연스럽다.

　나도 1월에 직장을 그만두고 오랜만에 시간의 자유도 즐기고, 여러 가지 불편한 생각도 정리하기 위해 이 길을 걷고 있다고 했다.

　한국은 역시 남과 북이 궁금한가 보다.

　어떻게 지금과 같은 극단적인 두 체제가 탄생했는지, 민족은 같은지, 지금 양 체제 간 교류는 있는지, 통일은 가능한지 알고 싶은 것도 많다.

　짧은 영어로 하는 정치강의는 힘이 든다.

　메인을 Grilled Chicken으로 시켰는데 순례자 메뉴답지 않게 맛이 아주 좋다.

발관리

무거운 배낭을 메고 장시간 걸어야 하는 순례길에서 제일 고생하는 것은 발이다. 며칠을 걸으면 발가락 사이 또 신발과 마찰이 많은 발바닥 부위에 물집이 생기고 부르트게 된다. 물집은 실을 매단 바늘을 통과시켜 물을 짜내고 소독약을 발라주면 얼마 안 가서 단단하게 굳는다.

발가락 양말을 신으면 발가락 사이의 마찰을 줄여주기 때문에 물집을 완화시킬 수 있으며, 수시로 겔 타입의 소염제나 바셀린을 발라 마사지해 주면 도움이 된다. 발톱 또한 수시로 짧게 깎아주지 않으면 신발과 마찰하여 발톱이 까맣게 죽거나 통증이 생긴다.

내 마음의 풍차를 흐르던 당신 마음의 풍차

열한째 날

언제부터인가 내 마음속에는 오래된 LP판 하나가 돌아가고 있었다.

나의 젊은 시절, 미도파 건너편 명동입구의 허름한 건물 3층에는 '내 마음의 풍차'라는 바가 하나 있었다.

술 취한 늦은 밤이면 그 바에 들러 마음씨 좋은 누나 같은 바텐더에게 더스티 스프링필드의 Windmills of your mind를 틀어달라고 했다.

술 한 잔에 허공으로 내던지는 것 같은 스프링필드의 목소리를 들으며 한참을 앉아 있다 들어가곤 했다.

그 후 오랜 기간 머릿속에서 완전히 지워진 멜로디가 길을 걷는 어디에선가부터 다시 살아나 나를 지배하기 시작했다.

"끝도 없고 시작도 없는 바퀴처럼,

네 마음의 풍차에서 네가 찾아낸 동그란 원반처럼,…"

멜로디는 머릿속을 뱅뱅 돌며 길 내내 나를 따라온다.

오늘의 1차 목적지는 20km 떨어진 산토 도밍고이지만 날씨가
너무 좋아 내처 그라뇽까지 걷는다. 약 28km.

파아란 하늘에 떠 있는 새털구름, 끝없이 이어지는 연초록의 구
릉들 사이로 시간은 정지하고 있었다.

망아지를 끌고 산세바스티안에서 산티아고로 가는 바스크인
욘·에고이트와 길가에 앉아서 쵸리소, 하몽에 바게트, 그리고 가

죽수통에 담아온 와인으로 피크닉 점심을 같이한다. 뒤늦게 따라온 온 폴과 더크도 합류했다.

산티아고란 이름의 망아지는 순례자 여권도 발급받았고 지나온 알베르게의 스탬프도 다 찍었다. 산티아고에 도착하면 욘의 아버지가 트럭을 타고 와서 산세바스티안으로 같이 실어간단다.

그라뇽의 알베르게는 오래된 성요한 성당의 2층 바닥에 마치 산장에 온 것같이 매트리스만 깔고 잔다. 식당으로 쓰는 1층 벽면에 붙어 있는 여러 나라 말로 쓴 안내문 중에는 한국어도 있다.

이제 많은 알베르게의 한국말 안내를 보면 한국인 순례자가 많이 늘기는 는 모양이다. 독일에서 온 여선생님 자원봉사 호스피탈레로가 오늘 저녁은 chicken으로 같이하잔다.

오늘은 덴마크에서 온 양순한 청년 몰슨의 생일이다.

다리가 고장나서 이 성당 알베르게에 사흘째 머무르고 있는 젊은 미국인 부부와 그들의 처남, 스테판, 마티아스, 욘과 에고이트, 그리고 폴, 더크와 함께 와인잔을 두들기며 해피버스데이 합창을 했다.

오래된 성당의 벽난로 앞에 둘러앉아서 장작불을 지피며, 와인도 마시고 아직 덜 마른 빨래도 말린다.

카미노 길 표시

가장 기본적인 표시는 노란 화살표이고 가리비 조개 빗살모양의 표시도 많다.

이 표시들은 산티아고 순례길 내내 길바닥, 건물 벽면, 나무 등 쉽게 눈에 띄는 어느 곳에서나 찾을 수 있다.

길을 걸으면서 조금만 주의를 기울이면 길을 놓칠 염려는 없으나, 혹시 표식을 찾지 못하는 경우는 일단 이전 표시를 본 지점까지 되돌아와서 다시 시작하는 것이 안전하다.

길에서 건진 자유

열둘째 날 우리는 언제나 자유롭지 못하다고 말하지만

"나는 아무것도 바라지 않는다.
나는 아무것도 두려워하지 않는다.
나는 자유이므로…"

— 니코스 카잔차키스의 묘비명에서

자유는 선택이다.

우리는 언제나 자유롭지 못하다고 말하지만 그 선택은 우리의 몫이다.

바라지 않으면 두려울 것도 없다. 그러나 좀 더 소유하기 위해서, 더 나은 집과 더 좋은 차를 가지기 위해서… 인터넷과 흘러넘치는 무한대의 정보들이 끝없는 비교 대상을 제공하고 우리는 결코 지금에 만족하지 못한다.

떠나면 자유다.

어제 28살 생일을 맞은 덴마크 학생 몰슨은 한 손에 와인잔, 다른 손에 바게트 한쪽을 들고 이것이면 행복하다며 웃는다.

자유는 선택이고, 그래서 행복 또한 선택이다.

오늘은 28km를 걸어 중세 때는 많은 산적들이 순례자들을 털었다는 오카 산자락의 비야프랑카 몬테스 데 오카까지 왔다. 시에스타라 주인 없는 마을 초입의 알베르게에 배낭을 풀고 있는데 몰슨이 올라와 메모지 하나를 건네준다. "Kim, 건너편 언덕 위 호텔에

알베르게가 하나 있는데 아주 깨끗해."

나는 들어올 때 보지 못했는데 몰슨이 지나가다 알베르게의 문에 붙어 있기에 가지고 왔단다. 몰슨은 내처 산꼭대기 산후안 데 오르테가까지 간다.

산길만 13km를 더 올라가야 하는데 아직은 청춘이다.

주섬주섬 챙겨서 올라가니 자그마한 3star 호텔 안에 부속건물로 알베르게가 있다. 방에 침대수만 많을 뿐이지 호텔과 같이 깨끗하다.

스테판과 오랜만에 보는 이태리 친구 조르지오가 반긴다.

순례길을 많이 걸은 이 호텔주인이 호텔을 지으면서 순례자를 위한 알베르게도 하나 지어 '길에 되돌려준다'는 소망을 충족시켰다고 한다.

저녁은 우아한 이 호텔 식당에서 스테판, 조르지오, 조르지오의 새로운 카미노 동반자인 날씬하고 예쁜 오스트리아 아가씨 앙드레아, 이렇게 넷이서 같이했다. 스타터로 시킨 파엘라는 맛있게 먹었는데 메인 대구요리가 너무 짜서 밤새 물 마시며 잠을 설친다.

손쉬운 빨래

배낭을 메고 하루에 이삼십 킬로를 걷다 보면 거의 매일 땀에 찌든 내의와 셔츠, 양말을 빨아야 한다. 가장 손쉬운 방법은 알베르게에서 샤워를 할 때 빨랫감을 발 아래 두고 발로 밟으면서 샤워를 하면 몸을 씻으면서 세탁까지 한번에 할 수 있고, 제한적인 더운물도 잘 활용할 수 있다. 겉옷과 바지 등 용량이 있는 세탁물은 세탁기와 건조기가 잘 구비된 숙소를 만날 때 가끔씩 하면 된다.

죽음을 내 것으로 느낄 때에는

 Camino de Santiago

"인간은 살아 있는 것들 가운데 다가올 자신의 죽음을 자각하는 유일한 존재이다. 그럼에도 나약한 존재인 인간은 가장 확실한 사실인 죽음을 부인하려 한다."

— 파울로 코엘료의 순례자에서

4년 전 내가 신체검사에서 우연히 암진단을 받기 전까지는 누구보다도 건강에 대한 자신이 있었고 때론 지나친 음주, 무리한 일정,

스트레스도 잘 소화하고 있다는 자부심이 있었다.

그 뒤에는 95세까지 맑은 정신으로 살다 돌아가신 아버님의 유전인자에 대한 믿음도 있었다.

그러나 아침 일찍 수술대에 누운 채 마취로 희미해지는 천장의 불빛을 바라보며 '아, 죽음은 이렇게 올 수도 있는 거구나.' 하며 처음으로 내 가까이 다가온 죽음을 느꼈다.

7시 30분. 숙소를 나서니 바로 오르막이다.

아랫동네와는 달리 완연한 겨울날씨. 폴리스 재킷에 바람막이까지 껴입었는데도 손이 시리다. 길가에 막 피어나던 야생화도 이곳에는 없고 대신 서리가 하얗게 내린 나뭇가지에 다시 한겨울로 돌아온 느낌이다.

2,000m 이상의 산에 둘러싸인 순례길이라, 예전에는 산적들이 지나가는 많은 순례자들을 털고 목숨도 빼앗았다는 깊은 산길이다. 몇 걸음 앞 길도 분간하기 힘들 정도로 짙은 안개에 갇혀 있는 고갯길에는 간간이 들리는 새소리밖에 없다.

 무엇인가 내 뒷덜미를 끌어당기는 것 같아서 걸음을 재촉하면서도 자꾸 뒤돌아보게 된다.

 1,100m 고갯마루 마을 산후안 오르테가는 마치 서부영화의 세트장같이 적막하다. 문을 닫은 게 아닌가 하고 밀고 들어간 바에서 유효기간이 지났는지도 모를 비닐봉지에 싼 케이크에 카페 콘레체 한 잔으로 늦은 아침식사를 하고 걸어가던 내리막길, 길가 의자에 앉아 있는 스테판을 다시 만나 같이 걷는다.

돌 많은 황량한 산꼭대기 돌무더기 위에 세워놓은 큰 나무 십자
가를 지나 부르고스 교외까지 35km를 걸었다.

발에 새로 잡힌 물집도 쓰리고 무릎까지 통증이 와서 걷는 속도
가 점점 느려진다.

스테판은 알베르게로 가고 나는 시내 한 펜션에 방을 얻었다. 걸
을 때마다 쓰린 엄지와 새끼발가락의 큼직한 물주머니 두 개를 터
뜨리고 소독을 하니 그렇게 시원할 수가 없다.

저녁에 대성당 앞에서, 로그로뇨에서 하루 먼저 앞서간 팀, 마
코토, 후지, 이화와 몰슨, 그리고 처음 만난 체코의 4인조 Cross
Band의 베이스 기타리스트 스탠다와 같이 타파스 바 순례에 나
선다.

들르는 바마다 감자새우튀김, 오징어튀김, 스페인식 순대, 하몽 등 색다른 타파스 안주에 리오하 와인 한 잔씩을 각자 능력껏 한 번씩 돌아가며 계산한다.

대여섯 잔씩 마신 와인의 취기에 왁자지껄, 알베르게 문 닫는 시간 10시에 늦지 않게 들른 마지막 바에서 내가 한 번 더 계산해 주고 헤어진다.

"Buen Camino!" 나는 내일 부르고스를 떠나고 이화와 마코토 팀은 하루 더 머물기 때문에 언제 다시 만날 수 있을지 모른다.

펜션 들어가는 길모퉁이에 있는, 소머리 박제장식이 천장에서 부릅뜬 눈으로 내려다보는 바에 들러 그 자리에서 슬라이스해 주는 하몽 이베리코 한 접시를 시켜 와인 몇 잔을 더 한다.

엘시드의 고향, 세비야 다음으로 큰 대성당이 있고, 스페인 고딕 건축양식의 수도라는 아름다운 부르고스의 밤거리를 비틀거리며 걸어 펜션을 찾아간다.

왠지 마음이 텅 비어버린 것 같은 밤이다.

부르고스(Burgos)

해발 800m 고원의 천연 요새로 1035년 카스티야 왕조의 수도로 번성하였으나, 가장 강력한 군주인 이사벨 1세 여왕이 이베리아 반도를 지배하던 무어인들을 완전히 몰아내고 1492년에 레콩키스타를 마무리 지은 후 펠리페 2세가 통일된 히스패닉 왕국의 수도를 마드리드로 옮긴 때부터 쇠퇴하였다.

찰턴 헤스턴 주연의 영화 〈엘시드〉로 우리에게 잘 알려진, 11세기 무어인 정벌의 영웅 엘시드의 고향이자 본거지로 스페인 국민들로부터 사랑받고 있는 인구 17만의 아름다운 중세도시이다. 그뿐만 아니라 스페인 최초의 세계문화유산으로 등재된 부르고스 대성당 등 볼거리도 많은 도시이다.

이 마음의 주인은 누구인가?

 오늘은 천천히 9시쯤 펜션을 나왔다.

부르고스 대성당 광장 모퉁이 바에 앉아 카페 콘레체 한 잔에 또 띠야로 아침을 하면서 영혜에게 엽서를 쓴다.

어젯밤 펜션으로 돌아가니 공동 샤워실 스팀 위에 널어두었던 등산바지와 내의가 없어졌다. 누가 이런 것도 집어가나, 그리고 나의 부주의를 탓한다.

아침에 혹시나 하여 아래층의 집주인에게 물어보니, 동글동글 사람 좋게 생긴 아주머니가 웃으며 내 옷들을 챙겨 내준다.

아마도 샤워실에서 잘 마르지 않으니까 집으로 가져가서 말려준 것 같다.

잠깐이나마 옆방에 묵는 사람들을 의심하고 화장실 가면서도 방문을 잠근 내 행동이 부끄러웠다.

자유와 마찬가지로 행복도 내 마음의 선택이다.

카미노를 걸으면서 알베르게에서 자다가 방 하나만 달랑 있는 펜션에서도 이 얼마나 행복한가!

옷 몇 가지가 없어졌다고 의심하고 화내다가, 다시 안심하고 행복해 하는 이 마음의 주인은 누구인가?

부슬비 내리는 길을 판초를 덮어쓰고 계속 걷는다.

오늘은 오르니오스 델 카미노까지만 가자. 성당 처마 밑에서 비를 피하며 폴과 부르고스에서 온 스페인 아가씨 둘이 앉아 있다.

성당 알베르게 앞의 유일한 바에서 순례자 메뉴를 먹다가 독일 뮌스터에서 온 더크가 한 잔씩 돌린 그라파를 시작으로 벌어진 술판이 밤늦게까지 계속된다. 나도 와인 한 병을 돌리고, 서로가 번갈아가며 와인과 맥주를 돌린다.

남자 친구와 최근에 헤어진 친구를 위로해 주기 위해 휴가를 내서 3일 동안 같이 걷는다는 고등학교와 부르고스대학 동창생인 매력적인 두 아가씨 이사벨과 루트가 함께해서 더욱 흥겨워진 자리에서 교대로 사진도 찍어주고 같이 노래도 부르며 카미노의 밤은 깊어갔다.

루트가 한 잔 마셔보라고 시켜준 달콤한 빠젤란에 취기가 더 오른다.

고등학교를 갓 졸업한 순례자

밀밭과 목초지가 끝도 없이 이어지는 스페인의 평원 메세타를 걸어간다.

저 멀리 가물거리던 한 점이 점점 가까워진다.

미스 유는 금년 18세, 고등학교를 갓 졸업하고 왔다는 걸 보면 아마도 대학 입학이 뜻대로 되지 않자 이 길로 떠나온 것으로 짐작된다.

프랑스 생장에서 피자 반쪽을 나누어주고 같이 출발했다가, 피레네를 반쯤 올라간 발카를로스에서 더 이상 못 가겠다고 뒤로 처졌는데 어젯밤 알베르게에서 다시 만나 깜짝 놀랐더니, 중간에 버스를 타고 부르고스까지 와서 다시 걷기 시작했다는 깜찍한 아가씨다.

이것저것 물어보는 것을 부담스러워하는 눈치라서 발걸음을 재촉한다.

용기가 대단하다는 생각과 함께 어린 아가씨를 예까지 밀어낸, 한국의 입시준비생들이 받는 엄청난 압박감에 측은한 마음이 든다.

다시 인적 없는 메세타를 10여km 걸어 도착한 온타나스의 카페 앞 양지바른 곳에 앉아 맥주 한 잔에 보까디요를 먹고 있는데 더크가 다리를 절뚝거리며 걸어온다. 오른쪽 다리 인대 근육에 염증이 생긴 것 같은데 아파서 도저히 더 이상 못 걷겠단다.

발에 물집은 누구나 생기고, 또 물을 짜내고 소독을 하면 괜찮아지지만 근육 염증은 골치 아프다. 이 산티아고 순례길을 본의 아니게 중단하는 대부분은 이 염증 때문이다. 내 비상약 중 안티푸라민 소염제를 좀 덜어주고 국산 파스 한 장을 붙여주고 나는 떠난다.

더크는 일단 하루를 이 바에 붙어 있는 알베르게에서 쉬며 경과를 보겠단다.

"Buen Camino!"

길모퉁이에 있는 산 안톤 수도원의 장엄한 유적을 지나 흐드러지게 핀 매화 사이로 저 멀리 나타나는 아름다운 요새 마을 카스트로 헤리스!

    하얀 뭉게구름 몇 조각이 떠가는 파란 하늘을 배경으로 마을 산 꼭대기에는 옛 무어인과 그리스도군 사이의 수많은 격전이 치러졌을 9세기의 무너진 성채, 그리고 마을 초입을 지키는 큰 수도원의 유적과 오밀조밀하게 산기슭을 따라 형성된 마을, 너무 아름다운 한 폭의 그림을 카메라에 담는다.

    천 명 정도 산다는 작은 마을에서 알베르게를 못 찾아 한 시간 가까이 헤매다 겨우 찾아 들어간다. 모두 시에스타를 즐기는지 길거리에서 사람 구경하기도 힘들고, 겨우 만난 동네사람에게 손짓발짓으로 물어 찾아간 곳은 엉뚱한 다른 알베르게이다. 길에서 낯익은 얼굴도 몇 보인다.

그래 어디서 자면 어떠냐, 패스포트에 도장 찍고 이층침대 한 칸을 받았다.

내의와 양말을 빨아서 바람에 펄럭이는 빨랫줄에 널어놓고 나도 시에스타에 들어갔다. 얼마를 잤을까 깨어나니 머리맡에 메모지가 있다. "Mr. Kim, 우리 가까운 바에 맥주 한 잔 하러 가니 생각 있으면 와요. Ruth."

마이클과 같이 바르로 가니 루트, 이사벨과 독일 바바리아 아가씨 니콜이 반긴다. 같이 맥주 한 잔을 하고 저녁은 마이클과 둘이서 꽤 분위기 있는 식당에서 펠레그리노 메뉴를 시켰는데 순례자 메뉴라서 그런지 맛은 별로다. 따라 나온 와인 한 병을 다 비우면서 이런저런 얘기를 한참 나누었다.

마이클은 키가 크고 근엄하게 생긴 독일인이지만 지금 사는 곳은 스코틀랜드이다.

사방에 펼쳐진 푸른 들판이 너무 아름답다고 꼭 한번 와보라고 한다.

할아버지와 아버지가 모두 독일에서 유대인 수용소와 관련된 일을 했는데, 본인도 지금까지 죄를 지은 느낌이라고 한다. 너희 독일은 주변국과 유대인들에 대해 많은 죄를 지었지만 전후에 마음으로 사죄하고 관계 개선을 위해 많은 노력을 해서 나아졌지만, 진정성이 없는 일본과 우리 사이는 아직 그렇지 못하다고 했다.

이번 카미노를 걷는 이유는 와이프와 관계가 좋지 않아 이혼을 결심했는데, 마지막으로 본인은 이 산티아고 길을 걷고 와이프는 집에서 그동안 생각을 정리한 후 다시 만나서 이혼여부를 최종 결정하기로 했다고 한다.

경제적으로도 고민이 있는 것 같은 마이클은 언제나 수심에 잠겨 길을 걷는다.

카미노의 축복이 함께하기를!

Camino de Santiago

메세타(Meseta)

이베리아 반도의 중앙부에 걸쳐 있는 해발 600~750m의 광활하고 건조한 고원 지대로 주로 밀과 목초를 재배한다.
메세타를 지날 때 때로는 온종일 인가나 마을 하나 없는 벌판을 걸어야 할 경우가 있기 때문에 미리 지도를 잘 보고 먹을 것과 마실 물을 충분히 준비하는 것이 좋다.

익숙지 않은 속도에서 즐거움을

Camino de Santiago

"익숙하지 않은 속도에서 즐거움을 찾아내도록 노력하세요.

일상적인 몸짓을 다른 방식으로 행함으로써 당신 안의 다른 존재가 깨어날 수 있도록 하는 거지요."

– 파울로 코엘료의 순례자에서

조금은 쌀쌀하지만 걷기에는 아주 좋은 날씨다.

카스트로 헤리스 마을을 벗어나자 바로 언덕길이 시작된다.

지그재그로 900m 산등성이에 오르자 파란 하늘 밑으로 끝없는 평원, 메세타가 한 장의 그림같이 펼쳐진다.

완만한 구릉을 따라서 끝없이 이어지는 나무 한 그루 볼 수 없는 연초록 목초지를 가르는 황토색 선을 따라 몇 개의 점들이 느릿하게 움직이고 있다.

　모두가 정지해 있는 이 공간을 나는 마치 타임머신을 타고 이동하는 것 같다.

　저 앞에서 걸어가는 하나의 점이 어느새 내 앞으로 다가와 "부엔 카미노!" 하고 지나가기도 하고, 어떤 점은 눈 깜짝할 사이에 저 멀리로 사라지고 만다. 가끔 눈을 감고 호흡에 집중하며 앉아 있을 때 한 시간이 어느새 흘러가듯이 이 텅 빈 공간에서의 시간은 다르게 흘러간다.

　길가 덤불 속에서 재잘대는 새소리만을 벗 삼아 아무 생각 없이 걷는다.

　평화로움, 자유, 무상, 길… 갑자기 내 머릿속이 하얗게 빈다.

길을 걸어갈수록 내 머리를 지배하던 수많은 생각들에서 멀어지고 그 비워진 자리에 새소리, 바람소리, 파란 하늘, 새털구름으로 채워진다.

명상적이란 게 이런 느낌일까?

프로미스타 거의 다 가서 마르쿠스와 폴을 만나 같이 걷다가 마을 초입에서 이사벨과 루트를 만나 알베르게로 함께 갔다.

그런데 이사벨과 루트는 신분증이 없어서 알베르게를 이용할 수 없다고 한다.

외국인은 순례자 패스포트가, 스페인 내국인은 우리 주민등록증과 같은 것이 있어야 하는 모양이다.

여학교 사감같이 깐깐하게 생긴 호스피탈레로와 한참을 옥신각신,

부르고스 집으로 통화까지 하고 나서야 겨우 침대를 배정받았다.

삼일간의 카미노를 마치고 내일 아침이면 부르고스로 돌아가는 두 아가씨를 위해 숙소 근처 바에서 송별 파티를 하기로 했다.

한 10명이 모여 파엘라에다 맥주, 와인을 알베르게 문 닫는 시간인 9시까지 신나게 마시고 다시 숙소로 옮겨서 12시까지 떠들썩하다.

삼일을 앞서거니 뒤서거니 하며 같이 걸은 젊고 매력적인 스페인 아가씨들이 돌아간다니 모두가 서운한 모양이다.

독일 파견 간호사 어머니와 아들 털보

    이른 아침에 어수선하여 잠을 깬다.

　7시 출발 부르고스행 버스를 타야 한다고 루트와 이사벨이 벌써 배낭을 다 챙겼다. "부엔 카미노" 작별의 비주(bisous)를 해주고 나도 일어난 김에 배낭을 꾸린다.

　가는 비가 오지만 걷기에는 괜찮은 날씨이다.

　로스 콘데스까지는 20km, 편안하게 걸어서 2시쯤 도착했다.

　가이드북의 애매한 위치 설명 때문에 간신히 찾아간 첫 번째 알베르게는 문이 닫혀 있다.

　문 앞에서 서성이는 60대 중반쯤 되어 보이는 동양 여사와 아들 같은 반쯤 동양인으로 보이는 남자와 같이 수녀원에서 운영한다는 다른 알베르게를 찾아 들어갔다.

　모자는 파독 간호사로 반평생을 보낸 한국인 어머니와 독일 아버지 사이에 난 아들 틸토였다.

　수녀들이 운영해서 그런지 이곳 알베르게는 역시 깨끗하다.

　아마도 이 수녀원에서 평생을 늙어온 맑은 얼굴의 수녀들이 크레덴셜에 스탬프를 찍어주고 스페인어와 손짓으로 무언가를 설명해주려고 정성을 쏟지만 알아들을 수 있는 것은 많지 않다.

　짐작컨대 뒷마당에서 빨래를 해서 널면 잘 마를 것이고, 저녁에는 이 수도원 문을 잠그니까 알베르게 건물 마당 한 켠에 있는 뒷문을 통해 편하게 마을로 나갈 수 있다는 것 정도는 알아듣고 동네에서 괜찮은 식당도 소개하는 것 같았지만 이해는 포기한다.

다음에 이 길을 올 때는 반드시 기본 스페인어를 배워서 오리라 다짐한다.

스코틀랜드 신사 마이클, 바바리아 아가씨 니콜, 덴마크 시골청년 몰슨과 같이 키친에서 해먹자고 해서, 나는 와인 한 병을 사들고 와서 함께했다.

밤에는 와이파이가 되는 마요르광장 앞의 바르에 앉아 모처럼 우진이와 카카오톡도 하고 인터넷으로 이런저런 소식도 챙긴다.

독일 파견 간호사 어머니와 아들 틸토

틸토는 한국 어머니와 같이 걷고 있는 독일계 혼혈아이다.

생긴 것도 동양과 서양이 반쯤씩 섞여 있다.

한국말은 전혀 못하고 영어는 곧잘 해서 영어는 어디서 배웠냐고 물었더니, 어머니와 이혼한 독일 아버지가 캐나다로 이민 갈 때 따라갔다가 일 년 반 만에 독일로 다시 돌아왔는데 그때 배운 거란다.

틸토 어머니는 금년에 68살. 20대 후반에 파독 간호사로 독일로 와서 지금은 은퇴연금으로 노후를 보내고 있다. 얼굴에는 만만치 않았던 지나온 세월의 그림자가 있다.

10년 전에 마지막으로 한국을 다녀왔는데, 이전에 갈 때와 달리 워낙 잘살아서 친척들에게 주려고 가져간 선물도 대부분 풀지 못하고 다시 가져왔다며 쓸쓸하게 웃는다.

조카애들에게 10불씩 주니 안 주는 게 낫다는 주위의 충고에 100불짜리 하나씩 주다 보니 독일로 돌아와서 빠듯한 생활비로 고생을 했다고 한다.

이제는 기다리는 사람도 없는 고향이지만 죽기 전에 다시 한 번 갈 수 있을까. 말하는 눈가가 어느새 촉촉하다.

새 등산화를 신고 온 틸토의 발이 물집에 다 부르터서 너덜너덜하다.

어머니는 그것이 안쓰러워 상처에 연고를 바르고 거즈로 감싸주고, 틸토 또한 어머니 발의 물집을 짜주는 모습이 다정하다.

틸토는 어머니와 같은 뮌헨에 살고 있지만 따로 독일 여자 친구와 동거를 하고 있어서 혼자 사는 어머니와는 한 달에 한번 정도 만난단다.

어머니가 이 순례길을 간다기에 이제 다시는 어머니와 함께할 기회가 없을 것 같아서 같이 왔다고 한다.

아마 이번 카미노에서 두 모자는 많은 이야기를 나눌 것이다.

그리고 못다한 이야기도 카미노가 서로의 가슴속에 새겨줄 것이다.

"Buen Camino!"

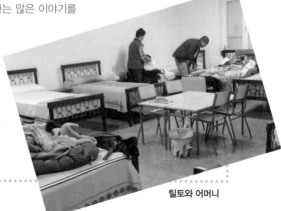

틸토와 어머니

봄비 내리는 메세타에 울리는 노랫소리

길가 버드나무 가지마다 피어나는 버들강아지가 보시시 솜털을 밀어올리고, 늘어진 줄기에는 파릇한 봄이 돋아난다.

온종일 오락가락하는 봄비를 맞으며 끝없이 이어지는 인적 없는 들판 사잇길을 걸어간다.

며칠 만에 다시 만난 더크와 같이 걷는다.

뮌스터의 지방은행에서 일하는 더크는 육아휴직을 간 여직원이 돌아오면서 한시적으로 인력과잉이 되자 3달은 유급, 나머지 3달은 무급으로 6개월간 휴직을 하고 이 길을 떠나왔다.

산티아고에 도착한 후 렌터카를 빌려 세비야로 가서 독일에서 오는 아내와 두 딸을 마중하여 안달루시아 지방을 돌아본 후 남부 해안가 조용한 곳에서 며칠을 보낼 예정이란다.

지체부자유로 거동이 불편한 딸이 바다를 좋아하는데, 기뻐할 모습을 상상하며 싱글벙글한다.

나는 산티아고에서 순례길을 끝내고 포르토를 거쳐 리스본으로 갈 예정이라고 하니까 자기가 가는 길에 리스본까지 차로 데려다주겠다고 한다.

갑자기 더크가 행진곡을 부르면서 걷자고 제의한다. "좋아!"

막상 행진곡이라니, 떠오르는 것은 군입대 후 신병훈련 때 불렀던 군가밖에 없다.

나는 군가 "사나이로 태어나서 할 일도 많다만 너와 나 나라 지키는 영광에 살았다"와 "흘러가는 달빛 그늘 아래

편지를 띄우고…"를 부르고, 더크도 체코 아가씨를 놀린다는 가사의 독일 행진곡과 술 마실 때 부르는 신나는 노래를 부르면서 걸어간다.

물론 더크는 독일어로, 나는 한국어로, 교대로 노래를 하면서 걷는다.

봄비 내리는 북부 스페인의 들판에 판초를 뒤집어쓴 두 남자의 웃음소리와 노랫소리만 가득하다.

테라디요스에는 동네 초입의 알베르게 하나 외에는 상점이나 바 같은 시설이 하나도 없다. 모두가 알베르게 안의 조그만 식당에 모

여앉아 시원치 않은 돼지갈비가 포함된 10유로짜리 순례자 메뉴에 하우스 와인 몇 잔씩을 마신다.

내 테이블에는 미시간에서 온 빌과 브라이디, 프랑스 투루즈에서 온 수잔과 베르나르 부부가 같이 앉았다. 아일랜드에서 법학 대학원을 마치고 미국으로 돌아가는 길에 1년째 유럽 배낭여행의 마지막 코스로 이 순례길을 걷는다는 빌과 브라이디의 젊음이 아름답고, 또 그들의 여유로움이 부럽다.

내일은 비가 그치면 좋을 텐데…

판초 우의에 떨어지는 빗소리를 벗 삼아

 오늘도 계속되는 세찬 비바람 속에 판초를 쓰고, 끝도 없는 들판길을 3시간 남짓 걸어서 중세교회 권력의 중심지였다는 사아군에 도착했다.

 붉은 벽돌로 지어진, 이슬람의 색채도 가미된 듯한 특이한 양식의 산 로렌조 성당 옆 길모퉁이의 한 카페로 들어간다.

 카페에는 아마도 성당에서 미사를 보고 온 듯한 잘 차려입은 할아버지, 할머니들이 와인 한 잔에 타파스를 곁들이며 일요일 오후를 즐기고 있다.

 나도 창가 히터 옆에 자리 잡고 앉아, 흠뻑 젖은 옷과 신발도 말리면서 찐 새우와 튀긴 새우를 각각 한 접시 시켜 와인 한 잔과 함께 점심을 때운다.

따뜻한 창가에 앉아 있으니 한나절 빗길을 걸어온 나른함이 몰려
온다.

빗줄기가 좀 가늘어진 틈에 카페 할아버지들과 주인의 "부엔 카
미노" 인사를 뒤로하고 다시 길을 걷는다.

마을을 벗어날 즈음 판초 우의를 뒤집어쓰고 걸어오는 빌과 브라
이디를 만났다. 현금인출기를 찾고 있다기에 중심가를 안내해 주
고 다시 떠난다.

아우구스투스 황제가 몸소 로마군을 이끌고 7군단 사령부가 주둔한 레온까지 행군했다는 길, 칼사다 로마노(로마길)를 걸어간다. 그 시대에 이렇게 넓은 길을 여기까지 이어놓고 이 머나먼 지역까지 통치한 로마제국의 힘을 새삼 느낀다.

　순례객은 물론 단 한 사람의 인적도 없는 길을 15km 걸어서 간신히 도착한 에르마니요스에는 책자에 연중무휴라고 나와 있던 지자체 알베르게도 문을 닫았고, 또 하나의 사설 알베르게마저 이층 건물까지 올라가 사람을 불러보아도 인기척이 없다. 사람의 그림자도 볼 수 없는 유령의 마을 벤치에 한참을 앉아 있다가 다시 배낭을 메고 나선다.

가장 가까운 엘 부르고까지 8~9km, 이미 지친 발걸음이 무겁지만 해가 지기 전까지 엘 부르고를 찾아가는 길 외에 다른 방법은 없다.

녹초가 다 되어 해질 무렵에 간신히 찾아든 알베르게 입구에서 니콜이 담배를 피우고 있다가 환하게 웃는다. 니콜은 사아군에서 로마길로 우회하지 않고 국도를 따라 편하게 일찌감치 이곳에 도착했단다.

도네이션으로 운영되는 이 알베르게는 난방시설도 없고 창틀도 엉성해서 바람이 그냥 드나든다. 그래서 유일한 난방시설인 1층의 벽난로 앞에 모두가 옹기종기 모여 있다.

소문으로만 듣던 기타 메고 다닌다는 한국청년 유와, 마코토와 같이 네덜란드에서 온 채식주의자 존이 만들어준 유럽식 야채 비빔밥을 시장이 반찬이라 맛있게 먹었다. 재료비 2유로씩은 존에게 줬다.

저녁을 먹고 나서 미스터 유에게 기타 한 곡 쳐보라고 했더니 본인은 원래 건반을 해서 기타는 못 치는데, 9개월로 예정한 무전여행의 첫 시작인 스페인 순례길에서 기타를 연마하여 나머지 무전여행의 밑천으로 삼을 계획이란다. 이혼해서 각각 재혼해 버린 부모를 두고, 선배가 하는 압구정동의 어떤 공연장을 관리해 주다가 어느 날 갑자기 9개월짜리 항공권을 끊어서 무작정 나왔다는 그의 삶도 바람 드나드는 이 알베르게의 방같이 스산하다. 그래도 언제나 웃는 얼굴이 아름답다.

정말 더듬거리는 기타 솜씨를 지켜보던 자원봉사 호스피탈레로가 기타를 넘겨받더니 신나는 스페인풍의 리듬에 멋진 노래솜씨까지 보여준다.

메세타에서 비를 만나면

판초 우의를 배낭 위로 머리끝까지 뒤집어쓰고 계속 걷는 수밖에 없다.
메세타에서는 비를 피할 수 있는 큰 나무는 물론이고 잠깐 앉아서 쉴 자리도 없기
때문에 우의 위로 떨어지는 빗방울을 세면서 다음 마을까지 걸어가야 한다. 그래
서 우기에는 조금 번거롭더라도 판초 우의는 반드시 준비해 가야 한다.

종교 건축양식의 박물관, 레온

비는 그쳤지만 아직은 흐린 아침이다.

오늘 길은 자동차 도로를 따라서 만들어놓은 지루한 길, 센다이다.

어제 에르마니요스에서 자지 못하고 엘 부르고로 나오면서 이미

옛날 로마길을 벗어났기 때문에 이 길을 따라갈 수밖에 없다.

편하긴 하지만 카미노의 매력이 없는 분주한 길이다. 4km 정도

걷고 나서 자그마한 개울 옆 벤치에 앉아 바게트 한쪽과 오렌지 하

나로 아침식사를 하고 있는데 저 뒤에서 기타를 멘 유와 마코토가

걸어온다.

아직은 완성되지 않은 입영전야를 반주에 맞추어 연습하는 그들을 뒤로하고 걸음을 재촉한다.

멀리서도 눈에 띄는, 담벼락에 영어도 하고, 불어도 하고, 식사에 샌드위치도 된다고 울긋불긋 낙서를 해놓은 바로 들어간다.

바 안에도 각 나라말로 쓴 낙서가 온 벽에 가득하다. 여기저기에 한글도 보인다. 창밖을 내다보며 마코토와 유가 오면 점심이나 같이할까 기다리다가 카페 콘레체에 또띠야로 식사를 먼저 한다.

차도를 따라서 바로 가로질러 가버린 모양이다.

오늘은 책에서도 추천한 대로 15km 거리의 만시야까지 가서 그곳에서 레온까지 18km의 번잡한 도시 외곽길은 버스를 타고 갈 생각이다. 만시야 입구의 건물 담벼락에 버스 정류장을 안내하는 큼직한 간판이 있다.

5시간은 걸어야 할 길을 20분 만에 오니 이렇게 편할 수가 없다.

밀라노 대성당 못지않게 웅장한 레온 대성당 앞의 카페에서 커피 한 잔 하면서 관광 안내소가 4시에 문 열기를 기다렸다가 성당 인근의 호스텔을 추천받았다. 호스텔의 공동 샤워실에서 샤워를 하고 나오는데 복도 저편에서 마르쿠스와 스탠다가 걸어 나온다. 폴과 같이 3명이 이 호스텔에 묵고, 다리가 아파서 사아군에서 기차를 타고 먼저 온 더크는 인근의 다른 호스텔에 묵고 있단다.

길에서 이렇게 우연히 다시 만나면 그렇게 반가울 수가 없다.

저녁에는 모두 함께 타파스 바를 대여섯 군데 돌면서 리오하의 좋은 와인에 취한다.

레온(Leon)

우리가 걷는 카미노 프랑스 길에서 가장 큰 도시로서 옛날 로마 7군단의 주둔지였으며 레온이라는 이름도 로마의 군단을 뜻하는 레기온에서 유래한다. 아스투리아스와 레온 왕국의 수도였으며 서고트와 무어인 그리고 레콩키스타를 앞세운 그리스도군이 점령을 되풀이한 역사적 도시이다.

11세기에 세워진 로마네스크양식의 이시도르 성당과 장엄한 고딕양식의 레온 대성당. 르네상스 형식이 혼합된 산마르코 수도원에다 근대에 들어 천재 건축가 가우디가 세운 카사 데 보티네스까지 모든 주요 건축양식의 박물관이다.

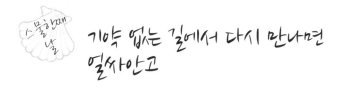

기억 없는 길에서 다시 만나면 얼싸안고

레온에서 느긋하게 하루를 보낼 작정을 했다.

천천히 아침 겸 점심을 먹고 대성당 광장에서 만난 로그로뇨에서 온 60대 중반의 순례객 호세와 같이 성당 내 박물관을 구경했다.

금실로 수놓은 주교나 사제의 호화로운 옷과 갖가지 보석과 금으로 장식한 의식에 쓰이는 물건들, 엄청난 중세의 교회권력만큼이나 사치스럽다.

이 길을 걸으면서 종교에, 신에게로 가까이 다가가는 마음보다는 도대체 '종교란 무엇인가, 진정 누구를 위해, 무엇을 위해 존재하는가'라는 물음을 갖게 된다. 나만의 생각일까? 그래서 이 길에서 만난 수많은 사람들은 신보다는 자신에게 던진 물음에 대한 답을 얻기 위하여, 길마다 영성으로 귀의의 흔적이 남아 있는 이 길을 걷고 있나 보다.

　호세와 이시도르 성당을 거쳐서 중세에는 이 순례길의 가장 큰 순례자 병원이었고, 지금은 최고급 국립 파라도르 호텔의 무게감

있는 우아한 바에서 이번 순례길에서는 제일 비싼 3유로짜리 에스프레소를 마셨다.

　이시도르 대성당에는 병이 난 순례자가 이 문을 통과하면 카

미노를 완주한 것과 똑같은 대접을 받을 수 있는 용서의 문이 있다.

　해질 무렵 무엇을 먹을까? 골목을 한 바퀴 돌아 나오는데 대성당 광장 저편에서 마코토가 뛰어와서 반갑게 얼싸안는다. 여기서는 몇 번 다시 만난 사람들은 악수보다는 얼싸안고 재회를 기뻐한다. 같이 고생하며 같은 길을 가는 동질감 때문일까?

　후지, 이화, 몰슨, 모두 골목 안 바에 있다며 같이 가자고 한다.

　다시 대군을 만났다. 폴, 마르쿠스, 미국에서 온 아담부부 등. 한 15명이 몇 군데 바 순례를 더 했다.

　대부분이 성당 알베르게에 묵는데 9시 반에 문 닫기 전 서둘러

들어가고, 통금이 없는 다른 알베르게에 묵는다는 기타 든 무전여행 청년 Mr. 유와 함께 다니는 미국 버몬트에서 온 눈이 파란 지크를 데리고 한 식당에 들어가 순례자 메뉴를 시킨다. 큰 도시라 그런지 메뉴가 형편없다.

식사를 하고 나오는데 이화와 빌 부부가 헐레벌떡 뛰어간다. 이화가 알베르게로 가는 길을 잃어서 착한 빌부부가 데려다주러 가는 길이란다. 아마도 우리가 같이 와인을 마신 바에서 알베르게로 돌아가다가 미로 같은 복잡한 옛날 길에서 방향을 잃어버린 것 같다.

성당에서 운영하는 이곳 알베르게의 입실시간 아홉시 반이 훨씬 지났는데 문이나 열어줄는지…

알베르게 운영시간

다수의 알베르게 입실은 시에스타(오후 2시에서 4시 또는 5시)가 끝난 후에 가능하다. 성당이나 지자체에서 운영하는 대부분의 알베르게는 밤 9시에서 10시 사이에 문을 잠그기 때문에 귀소시간을 지키지 못하면 다른 숙소를 찾아야 하는 어려움을 겪을 수 있다. 대부분의 사설 알베르게는 출입이 자유롭다.

가장 나쁜 것은 사랑

스물두째 날

"인간이 스스로에게 고통을 주기 위해 찾아낸 모든 방법 중에 가장 나쁜 것은 사랑입니다.

우리는 언제나 우리를 사랑하지 않는 누군가를 위해,

우리를 떠난 누군가를 위해,

그리고 우리를 떠나려 하지 않는 누군가로 인해 고통받지요."

— 파울로 코엘료의 순례자에서

테사는 남아프리카에서 의사 인턴과정을 마친 뒤 사랑하는 남자친구가 공부하고 있는 런던으로 와서 응급병원에서 일자리를 구했는데 일을 시작하기 전에 이곳 카미노로 왔다. 응급병원 의사가 힘은 들지만 보수가 좋아서 한 2년 돈 벌어서 남자친구와 먼저 유럽일주를 하겠다는 게 꿈이다.

　남자친구와 앞으로의 설계를 얘기할 때는 언제나 사랑스런 미소가 떠오른다.

　길에서 죽은 사람을 추모하는 자그마한 돌집들을 자주 만난다. 들여다보면 때로는 사진과 안경같이 생전에 아끼던 물건도 함께 놓여 있다.

　이미 떠난 사람을 차마 보내지 못하는 남아 있는 사람의 안타까운 사랑을 들여다본다.

　살아 있는 사랑은 아름답지만, 떠난 사랑은 고통이다.

　마사리페까지 21km, 길도 편안하고 날씨도 좋아 기분 좋은 걸음이다.

레온 교외를 벗어나면서 나지막한 언덕을 파서 만들어놓은 개인 와인 저장고들이 이색적이라 눈길을 끈다.

양치기가 성모의 환영을 본 기적으로 순례길에 편입되었다는 비르헨 델 카미노에서 추천 도로를 찾느라 잠시 오락가락했지만, 탁 트인 고원을 가로지르는 길을 따라 마사리페에 일찌감치 도착했다.

이전에 누구인가 추천을 해준 헤수스— Jesus의 스페인어(우리말 예수의 어원인 것 같다)—알베르게를 찾아 들어간다.

편안한 시골집 분위기의 알베르게 1층에는 동네 아주머니들의 문어 삶은 요리와 파엘라 파티가 한창이다. 맛있는 냄새에 군침이 돈다.

알베르게에서 다시 만난 마이클, 테사와 함께 샐러드에 파스타를 만들어서 같이 먹는다. 나는 물론 설거지 담당이다.

이곳 도착 무렵부터 갑자기 발목 위 종아리 힘줄 부분에 통증이 온다. 더크가 한 일주일 전 온타나스에서 주저앉은 바로 그 부위이다.

카미노의 많은 사람들이 고생하고, 또 걷기를 포기하게 만드는 근육염증이 아닌가 걱정된다.

새벽에 일어나니 마이클이 창에 기대어 무언가를 바라보고 있었다. 내게도 보라고 가리키는 손가락을 따라 바라보니 초생달 밑에 별 하나가 또렷이 빛나고 있다. 비너스란다.

비너스는 새벽 하늘에서 빛나고 마이클의 힘없고 선한 눈동자에는 근심이 떠 있다.

길을 계속 걸을 것인가, 갈림길에서

 어제 저녁 밥값으로 마이클, 테사를 불러 아침커피를 같이한다.

이층을 오르내리니 다리에 통증이 다시 느껴지지만 어제보다는 좀 나아진 것 같아 배낭을 메고 나선다.

아침부터 태양이 뜨겁다.

뒤따라오던 폴, 마르쿠스, 스탠다를 앞서 보내고 천천히 걸어 세르반테스에게 돈키호테의 영감을 줬다는 스페인에서 가장 길고 오래된 중세 돌다리 중 하나라는 오르비고 다리까지 왔다.

다리 위는 돌길을 보수하는 공사로 온통 파헤쳐져 있다.

아름다운 귀부인에게 모욕당한 후 다리를 지나가는 모든 기사에게 싸움을 걸어 이 다리를 지켰다는 원조 돈키호테 기사를 생각하며 긴 다리를 건너간다.

다리 건너 마을 길가 벤치에 몰슨이 앉아 있다가 손을 흔든다. 언제 봐도 선해 보이는 덴마크 시골 청년이다.

카미노를 걷는 사람들의 웃음은 그렇게 해맑을 수가 없다.

"덥지, 맥주 한 잔 할래?" 바에서 산미겔 두 병을 사서 벤치에서 나누어 마신다.

오늘 후반부 길은 정말 힘들다.

그늘 없는 뜨거운 아스팔트를 끼고 가는 오르막길은 걸어도 걸어도 끝이 없다. 다리의 통증도 점점 더 심해진다.

드디어 산토 토리비오의 큰 돌십자가가 보이고 저 멀리 언덕 아래로 아스토르가 대성당의 종탑이 보인다.

아스토르가 성곽을 따라 구시가지로 향하는 마지막 오르막길을 갈 때는 시원치 않은 오른쪽 다리를 끌다시피 하여 올라간다. 단단히 고장이 났다.

31km를 아홉 시간 반을 걸어 알베르게에 도착한다.

제일 긴 하루였다.

마을 입구의 산프란시스코광장의 새로 지은 지자체 알베르게 세르비아스 데 마리아로 들어가서 스페인 친구들이 있는 8인용 방을 배정받았다.

물을 사려고 다리를 절뚝거리며 시청사가 있는 마요르광장을 지나가는데 아담부부가 노천카페에 앉아 있다가 반갑게 부른다.

맥주 한 잔을 하며 내 다리 얘기를 하니까 아내도 며칠 전 똑같은 증세로 고생을 했다면서 나와 와이프를 남겨두고 잠깐 다녀오겠다며 어디론가 사라진다.

한 30분 후에 돌아오는 아담의 손에는 압박붕대, 소염제 알약,

그리고 추가로 사야 될 약 이름, 바에서 찜질용 얼음을 요청하는 스페인 말까지 꼼꼼하게 적은 메모지를 나에게 건네준다. 애틀랜타에서 온 아담은 여유가 있어 인근 특급호텔에서 묵고 있는데 호텔까지 가서 준비해 온 것이다.

최소한 며칠은 푹 쉬어야 한다며 RICE(Rest, Ice, Compress, Elevation)요법도 메모해 주고, 압박붕대를 사러 약방까지 같이 가서 물어봐 준다. 너무나 고마운 사람이다.

아담부부는 이후에 다시 만나지 못했는데, 이메일이나 알아놓을 것을 후회스럽다. 영화배우 뺨칠 정도로 미인인 Mrs. 아담은 한식을 무척 좋아해서 일주일에 한두 번은 애틀랜타 시내의 한식당에 꼭 간다고 한다.

저녁에는 마요르광장 노천카페에서 예쁜 시청사 인형시계탑의 종소리를 들으며 와인을 한 잔 했다. 프랑스의 수잔부부, 레온에서 성당 투어를 함께했던 호세가 동석했다. 레온 파라도르 호텔에서 비싼 커피를 마셨다고 와인은 호세가 사겠단다.

저녁식사는 바르에서 먹음직스러운 문어요리 풀포 한 접시를 시켜서 와인과 같이 맛있게 먹었다.

파라도르(Parador) 호텔

각 지역의 고성, 궁전, 수도원과 순례자 병원 등을 개조해 만들었으며 이를 통해 스페인의 전통적인 분위기를 재현한 최고급 국영호텔로 산티아고 대성당 바로 옆에 위치한 파라도르는 예전에는 왕립병원 건물이었고, 레온 산마르틴광장의 이전 수도원 건물을 개조한 파라도르 등이 전국의 93곳에서 성업 중이다.

아스토르가의 휴식

Camino de Santiago 벌써 4월이다.

오늘은 만우절, 거짓말같이 벌써 500km 가까이 걸었다.

어제 아담이 얘기한 대로 이곳 예쁜 도시 아스토르가에서 며칠 쉬기로 작정을 했다.

아침 8시에 알베르게를 비위주고 나와 일찍 문을 연 바에서 카페 콘레체와 크로와상 하나를 먹고, 10시 관광 안내소가 문을 열 때까지 대성당 광장 벤치에서 기다린다. 호세와 같이 다니던 후안이 큰 키를 흔들며 저기서 걸어온다. 이곳에서 카미노를 마치고 집으로 돌아간다고 한다.

나는 내 다리를 걷어올려 문제의 종아리 부분을 보여주고 며칠 이곳에서 쉴 호텔을 구하려고 관광 안내소 문 열기를 기다린다고 하니, 배낭을 내려 주섬주섬 소독용 알코올, 소염제 로션병을 꺼내서 쓰라고 챙겨준다.

그리고 광장 바로 앞의 3star 가우디 호텔이 지금은 40유로밖에 안 하니 거기서 묵으라고 알려주고 가방을 다시 메고 걸어간다. 이 먼 곳에서 다리에 병이 나 오도가도 못 하는 동양 남자가 안돼 보였는지 몇 번씩이나 뒤돌아보고 손을 흔든다. "부엔 카미노."

후안이 일러준 대로 가우디 호텔에 방을 잡았다. 자그마하지만 전형적인 유럽풍의 깔끔한 고급 호텔이다.

먼저 근처 약방에 가서 아담이 적어준 먹는 소염제 한 통을 샀다.

약사도 손짓으로 괜찮아질 때까지 쉬는 수밖에 없다고 한다.

며칠 쉰다고 괜찮아질지 아니면 여기서 중단하고 돌아가야 하는

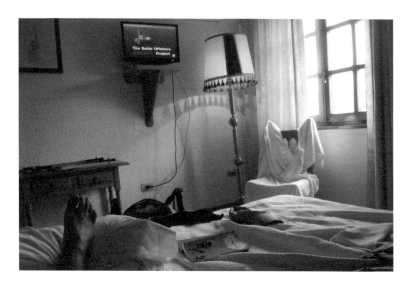

지 마음에 갈등이 생겼지만, 일단 며칠은 이곳에서 쉬면서 RICE요법을 하기로 결정을 하고 나니 마음이 편하다.

마침 파엘라를 하는 바가 있어서 오랜만에 밥 구경을 하고 호텔 방으로 돌아와 욕조 찬물에 발을 담갔다 뺐다가 졸기도 하면서 모처럼 여유 있는 휴식시간을 가진다.

집사람도 중지하고 들어오든지 아니면 일주일이든 푹 쉬고 무리하지 말라고 걱정이다.

객지에서 몸이 성치 않으면 마음까지 서글퍼진다.

아내와 애들 생각이 나는 날이다.

아침에 다리를 움직여 보니 통증은 많이 가라앉은 것 같지만 걷는 데는 무리가 온다.

오늘은 토요일, 시간마다 한 쌍의 남녀 인형이 종을 쳐주는 시계탑이 있는 시청사 앞 자그마한 광장에도 많은 사람들이 나와서 따뜻한 봄을 맞는 설레임을 즐기고 있다.

광장 한구석에서는 초로의 할머니가 녹음 반주에 맞추어 어메이징 그레이스를 부르는데 광장을 울리는 목소리가 보통이 아니다. 이어서 파이프와 드럼을 앞세운 동네 밴드가 연주를 하며 광장을 한 바퀴 돌아 길모퉁이로 사라진다.

로마의 아우구스투스 황제가 이름을 지었다는 아스토르가는 오래된 도시답게 로마시대의 유적부터 대성당, 수도원, 시청사 등 볼거리도 많다.

카데드랄광장 옆에는 스페인의 천재 건축가 가우디가 지은 주교궁의 뾰족한 첨탑이 날아갈듯 시선을 모은다.

　주교의 궁에 주교는 살지 않고 역사적으로 유명한 카미노에 관한 기록과 유물들이 전시된 카미노박물관이 있다.

　언젠가 꼭 다시 오고 싶은 예쁜 도시이다.

　점심시간이 좀 지난 무렵 광장 인근에서 개, 보비를 이끌고 터덜터덜 걸어오는 마티아스를 만났다. 나하고 비슷하게 걸어가던 팀들은 이미 다 지나간 뒤라 오랜만에 낯익은 얼굴이 반가워서 맥주 한 잔 하자고 노천 바에 앉았다.

　3일 전 주로 묵는 도네이션 무료 알베르게를 찾아 46km를 무리하게 걷다가 발뒤꿈치가 터졌는데, 무료 알베르게는 문을 닫았지만 다음 마을에서 다행히 마음씨 좋은 알베르게 주인을 만나서 이

틈간 쉬다가 지금 오는 길이란다.

내 다리 종아리를 만져 힘줄 당기는 소리를 느끼더니 세비야 인근에서 자기도 똑같은 증상에 무리하게 걷다가 길에서 오도 가도 못 하고 주저앉아 마침 그라나다에 사는 친구를 불러 친구차로 집에 가서 10일간을 쉬고 나서야 다시 걸을 수 있었다며 절대로 무리하게 걷지 말고 쉬라고 충고한다.

마티아스는 온 유럽대륙을 두 발로 순회하는, 그야말로 유랑인이다.

보비란 큰 개 한 마리와 같이 배낭 속의 노트북에는 지나온 방랑의 세월이 사진으로 가득하다. 이번에도 남부 독일에서 출발해서 스페인 남부지방을 거쳐 4,000km 가까이 걷고 있다.

점심이나 같이 하자고 했더니 비싼 바보다는 슈퍼마켓에서 빵이나 사달라고 한다.

바로 옆 슈퍼마켓 앞에 보비는 배낭에 묶어두고 같이 들어가서 바게트 두 개에 하몬 한 팩과 비싸다고 망설이는 치즈 한 조각을 사주고 헤어졌다. 멀리 멀어질 때까지 몇 번이고 돌아보며 손을 흔든다.

"Buen Camino!"

어둑어둑해지는 광장 카페에 와인 한 잔 놓고 앉아 있다.

내일은 떠날 수 있을까.

아스토르가(Astorga)

가파른 언덕 위에 세워진 로마시대 때부터 중요한 요새도시이다. 프랑스에서 내
려오는 프랑스 길(카미노 프랑세즈), 로마로 이어지는 로마길(칼사다 로마나), 세
비야로부터 올라오는 세비야 길(비아 데 라플라타)의 세 길이 교차하는 지점이다.
전설에 따르면 사도 야곱과 바울이 기독교를 선교한 곳이라고 하며, 11세기부터
아스토르가를 경유하는 순례길이 본격화되면서 정착한 유대인들에 의해 상업 중
심지로 번창하였다.

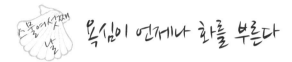

욕심이 언제나 화를 부른다

주교의 궁이 바라다 보이는 호텔 바 창가에 앉아서 아스토르가 특산 초콜릿을 걸쭉하게 찻잔 가득 녹인 초콜라테 한 잔을 마시며 한가로운 일요일 아침을 즐긴다.

아침부터 차와 초콜라테를 마시는 할머니들, 와인 한 잔을 들고 있는 할아버지, 또 애들을 데리고 나온 젊은 부부들로 바텐더가 모처럼 분주하다.

아침에 걸어보니 시원치는 않지만 다리는 한결 나아졌다.

일단 떠나기로 결정했다. 단 아스토르가로부터 폰페라다까지이라고 고개를 지나는 50여km는 버스로 이동하기로 한다.

그러면 다리에 무리를 주지 않고 하루 더 휴식을 취하고 오세브레이로 고개를 넘게 된다.

길 걷기를 시작한 지 보름이 지나면서 물집이 잡혔던 발바닥에 굳은살도 돋고 걷는 데 어느 정도 익숙해지자 자신감이 생겨서 하루에 30km 이상 걸은 것이 무리였던 것 같다.

욕심은 언제나 화를 부른다.

어제 갔던 해산물 수프를 잘하는 식당에서 수프와 빵을 시켜 먹고, 아름다운 아스토르가 시내를 천천히 걸어본다.

꼭 한번 다시 오고 싶지만, 언제 다시 올 수 있을까.

오후 버스로 한 시간 반쯤 걸려서 폰페라다에 도착한다.

중세 템플 기사단의 본거지답게 언덕을 따라 웅장하고 아름다운 성채로 둘러싸인 도시는 멀리 높은 산들을 배경으로 아름답다.

언덕 높이 자리 잡은 템플 기사단의 성을 지나 교외로 조금 벗어난 곳에 새로이 깨끗하게 지은 성당 알베르게를 찾아 들어갔다. 노

란 야생화가 한창 피어나는 알베르게 앞 조그만 마당의 벤치에서 나른한 오후 햇살을 쪼이며 아무 생각 없이 앉아 있는데 낯익은 카미노 친구들 —이화, 로사, 욘마코토, 기타유, 지크 등—이 하나둘씩 배낭을 메고 도착한다. 다리 치료로 뒤처진 이틀을 버스가 바로 되돌려주었다.

마치 타임머신같이…

10여 명이 식당 하나를 잡아 돼지고기 바비큐에 와인으로 파티를 한다. 처음 본 싱가포르 여대생 피실라와 얘기하다 보니 바로 이 아가씨가 순례 첫날 바이욘역에서 생장피에드포르로 택시를 타고 이동하는 기차승객 7명 중 행방불명된 1명의 장본인이었다.

내가 바이욘역에서 너를 한참 기다렸는데 이제야 여기서 찾았다고 하니까 모두 재미있다고 깔깔 웃는다.

욘은 언제부턴가 같이 가던 당나귀 산티아고, 사촌 에고이트와 헤어져서 한국팀과 같이 걷고 있다. 아마도 한국에서 온 젊고 에쁜 아가씨들이 이 순박한 바스크 청년의 마음을 들뜨게 한 모양이다.

무전여행 중인 기타 유와 지크 몫을 바스크 시골 청년 욘이 낸다기에 내가 대신한다.

내일부터 올라가는 갈리시아 산길에 대비해서 알베르게 주위를 천천히 산책해 본다.

과연 이 다리로 첩첩이 접혀 있는 갈리시아의 산들을 넘어 산티아고까지 갈 수 있을까.

Camino de Santiago

템플 기사단

성지 순례자의 보호를 목적으로 1118년 설립된 가톨릭의 기사 수도회이다.
십자군전쟁에서 큰 활약을 하였으며 산티아고 순례길의 무어 세력으로부터도 많은 순례객들을 지켜주었다.
여러 군주와 제후, 그리고 시민들의 신뢰를 바탕으로 목축, 무역, 금융업도 병행하여 막대한 부를 축적하였으나, 지나치게 거대해진 기사단의 세력을 두려워한 프랑스와 로마 교황청에 의하여 이단으로 낙인 찍히면서 갑작스런 몰락의 길로 접어들어 1312년 해산하게 된다.
템플 기사단을 이단으로 몰아 일제히 잡아들이고 처형하기 시작한 날이 1307년 10월 13일 금요일인데, 이때부터 서구인들이 13일의 금요일을 불길하게 여긴다고 한다.

명상도 하고, 관광도 하고

다리 고장 이후 처음 걷는 길이라 조심스럽다.

무리하지 않고 천천히 쉬면서 걷기로 한다.

오늘의 목적지는 갈리시아 산악지방으로 가는 초입의 마을, 비야프랑카 델 비에르소이다.

봄이 온다.

햇살은 따사롭고, 연분홍빛 봄꽃이 피어나는 길을 며칠 쉰 후 오랜만에 걸으니 마음도 환하게 피어난다. 깊은 산간지역을 향해 고도를 올리고 있는데도, 칼바람에 찬비 뿌리던 지나온 메세타 평원과는 달리 길가의 버드나무가 늘어뜨린 가지마다 연초록물을 들이는 완연한 봄이다.

　말로 표현할 수 없는 엄청난 자유로움이 가슴과 머리로 밀려들고, 지금 내가 걷고 또 존재하는 이 순간의 소중함을 새삼 깨닫는다.

　스페인 명품 와인 중 하나인 비에르소의 산지답게 나지막한 구릉을 따라 포도밭이 끝없이 펼쳐져 있다.

　비야프랑카에서는 지자체 알베르게 대신에 가족적인 운영으로 많은 순례자의 사랑을 받아왔다는 사설 아베 페닉스로 들어간다.

　오랜 기간 손을 댄 흔적이 별로 없는 시설 또한 세월을 따라 늙었다.

　문이 없고 칸마다 비닐커튼만 있는 공동샤워장에서 샤워를 하면서 옷가지를 빨아서 햇살이 따사로운 마당에 널고, 오랜만에 침낭도 뒤집어서 일광욕을 시킨다.

이 알베르게의 벽에 붙은 오랜 신문기사 중에는 "카미노는 자기 안의 명상을 위한 길이지, 단순히 관광을 위한 길이 아니다"라는 구절이 있다.

그러나 관광이 목적은 아니지만, 명상을 하면서도 아름다운 길과 음식과 와인도 즐길 수 있다.

이곳 비야프랑카의 산티아고 성당에도 용서의 문이 있다.

몸이 약하거나 해서 험한 갈리시아 산간을 넘어 산티아고 콤포스텔라까지 갈 수 없는 사람은 이곳 산티아고 성당의 용서의 문까지만 넘으면 산티아고에 간 것과 똑같은 면죄의식을 받을 수 있었다.

신은 때로는 화도 잘 내지만, 용서도 잘해 주신다.

해질 무렵 백파이프를 앞세우고 할아버지부터 어린 소년까지 다

양한 연령층의 고적대가 동네를 한 바퀴 돌고 우리 알베르게 바로 옆 빈터에서 연주를 한다.

깊은 산그림자가 석양을 밀어내는 산동네에 울리는 백파이프의 선율이 아릿한 슬픔을 불러낸다.

이번 카미노에서 가장 힘들다고 하는 갈리시아의 길고 험한 산길을 올라가는 내일의 여정을 위해 일찌감치 잠자리에 든다.

알베르게 현관에 산꼭대기 오세브레이로까지 배낭을 보내주는 서비스에 대한 안내문이 있어서 물어보았더니 4유로에 배낭을 그곳에 도착하기 전까지 오세브레이로의 한 식당으로 보내준다고 한다.

아직은 시원치 못한 내 다리를 위해 이 서비스를 이용하기로 했다.

배낭 탁송 서비스

일부 지역의 알베르게에서는 순례자가 원할 경우 다음 목적지 알베르게까지 배낭을 운송해 주는 서비스를 제공한다.
몸이 불편하거나 계속되는 여정에 무리가 있을 경우 이용하면 좋다.
배낭 한 개에 3~4유로.

죽음은 우리의 가장 큰 친구

"죽음은 우리의 가장 큰 친구입니다.
우리네 삶의 의미를 부여하는 것이 죽음이니까요.
하지만 죽음의 진정한 모습을 확인하기 위해서는 먼저 그 이름을 떠올리는 것만으로 느끼게 되는 모든 욕망과 공포의 실체를 알아야 합니다."

— 파울로 코엘료의 순례자에서

산그림자가 깊게 드리운 골짜기를 따라 계속 올라간다.

배낭을 보내고 가이드북에서 찢어낸 지도 한쪽과 스틱만 들고 길을 가니 몸이 이렇게 가벼울 수가 없다.

두세 시간 올라갔을까, 영혜한테서 전화가 왔는데 형수가 심장마비로 갑자기 돌아가셨다고 한다.

산다는 게 다 그렇다고 하지만 너무나 허망한 일생이다.

　하는 사업마다 실패한, 그러나 언제나 마음 편한 낙관주의자인 형님은 한 십 년 전 아버님이 돌아가신 지 몇 달 안 되어 교통사고로 돌아가셨다.

　조카 둘이 장례를 치러야 할 텐데, 아무리 궁리를 해보아도 발인 전에 서울 도착은 불가능해서 포기하고 영혜와 조카들과 통화만 했다.

　오늘은 걷는 내내, 내 머릿속에는 우리네 삶과 죽음의 불가해한 연속성에 대한 물음이 뱅뱅 돈다.

　배낭을 줄였지만 오세브레이로로 가는 길은 길고 가파르다.

　종아리의 통증이 다시 와서 쉬다 걷다를 반복하면서 10시간 만

에 오세브레이로에 도착했다.

저 멀리 첩첩이 접혀 있는 산봉우리들을 내려다보며 자리 잡은, 돌을 겹겹이 쌓아올려 지은 켈틱풍의 성당에서 먼저 가톨릭 신자였던 형수의 영혼을 위해 기도했다.

배낭이 도착해 있을 거라고 알려준 바를 찾아가니 카운터 옆에 낯익은 내 배낭이 얌전히 놓여 있다.

어둠이 내려앉은 작은 산마을을 한 바퀴 돌고 먼저 와 있던 마코토와 싱가포르 여학생 피실라와 저녁을 함께했다.

하늘에는 별들이 손에 잡힐 듯 낮게 깔려 있다.

저 별들 너머 하늘의 끝은 어디일까.

10억 년 뒤면 우리 은하와 충돌한다는 안드로메다은하는 어느 쪽에서 다가오고 있을까.

천 년 넘는 세월 동안 이 고개를 넘어간 수도 없이 많은 순례자의 신은 저 우주공간 어디에서 우리를 지키고 있을까.

부처 노릇하기

    아침 일찍 짐을 챙겨 길을 떠났다.

저 앞에 어제 저녁 같은 테이블에서 식사를 했던 중년의 독일 남자가 길을 가기에 무심코 따라 걸어간다.

오솔길이 점점 빽빽이 들어선 덩쿨나무들로 깊어지며 길의 흔적도 없어진다.

날카로운 줄기들이 다리를 휘감아 더 나아갈 수가 없어, 앞에 가던 친구를 소리쳐 불러보지만 대답이 없다.

혹시, 위로 지나갈 수 있는 길로 연결된 통로를 찾을 수 있을까 싶어 몇 걸음 더 나가다 포기하고 뒤돌아선다. 좀 당황스러웠지만, 애써 천천히 흔적을 찾아가다 보니 오른쪽 비탈을 사람이 올라간 자국이 있다. 덤불을 헤치고 발자국을 따라 한참을 올라가다 보니 점점 하늘이 환하게 열리고 길이 나타난다. 독일 친구는 사라지고 없다. 내 소리를 분명히 들었을 텐데, 어제의 첫인상처럼 고약한 친구다.

경사가 꽤 있는 내리막을 계속 내려와 인적이 없는 자그마한 마을길로 접어든다. 노란 화살표가 가리키는 동네 성당을 향하는 길목을 커다란 검은 개 한 마리가 지키고 있다. 마을을 지날 때 가끔 개들과 마주치는데 대부분은 모른 척하고 지나가면 길을 비키는데,

이놈은 멀리서도 적의가 느껴진다. 일단은 눈을 마주 쏘아보며 전진을 시도해 보지만, 으르렁거리며 다가오는 게 만만치가 않다. 스틱을 쥔 손에 힘을 주고, 마침 만난 사거리 골목길 왼편으로 방향을 틀면서 걸어가는 뒤통수에 으르렁거리는 소리가 잠깐 따라오더니 점점 멀어져 간다. 오늘은 아침부터 일진이 사나운 날이다. 길을 한참 돌아서 다시 노란 화살표를 찾았다.

세 개의 성이 있었다는 트리아카스텔라 마을 입구에서 은퇴한 오스트리아 초등학교 여선생 브리기트와 만나 내가 마주친 검은 개 얘기를 했더니 자기도 마주쳐서 길을 돌아왔단다. 브리기트는 스페인 남부의 세비야에서 출발하는 비아 데 플라타 길 800km를 걸어 아스토르가까지 와서 이 카미노 프랑세즈로 합류하여 산티아고 대성당까지 1,000km가 넘는 길을 걷는 중이다.

세비야에서 아스토르가로 오는 길에 개 두 마리가 달려들어서 다리를 물려 광견병 주사를 맞고 지금도 이틀에 한 번씩 병원에 들려 치료를 받으며 걷고 있단다. 그 후 스틱을 꼭 손에 들고 걷는단다. 시골동네에서는 대부분 개들을 풀어놓고 있기 때문에 가끔 사람이 없는 길에, 아침에 만난 독일 친구처럼 사나운 개늘을 마주칠 때는 아주 곤혹스럽다.

브리기트가 안내책자에서 보았다는 사설 알베르게 베르세 도 카미노에 들어갔는데 아주 깨끗하다. 방값 7유로에 2층 침대가 3개 있는 방을 배정받고, 밀린 빨래도 건조까지 7유로에 깨끗이 정리했다.

건너편 침대의 키가 훤칠한 멕시코 신사가 맥주를 내밀며 이층 베란다에서 한 잔 하자고 한다. 샤워를 대충 하고 베란다로 올라갔더니 맥주 한 박스에 치즈 바게트까지 준비해 놓았다.

삼촌네 회사에서 동업을 하다 모든 게 시원치 않아서 좀 더 큰 자유를 찾아 길을 떠나왔다는 아서 또한 달라이 라마를 숭배하는 티베트 불교 신자이다.

　2년 전 본처와 이혼하고 한 여성과 동거하고 있었는데, 몇 달 혼자 유럽에 가서 복잡한 머리를 식히고 오겠다고 하니 니가 갔다 언제 올지 모르는데 아예 헤어지자고 해서 헤어지고 길을 떠나 왔단다.

　근데 아이러니컬하게도 카미노를 걷는 중에 헤어진 여인이 보고 싶다고 하루 건너 전화를 해대고, 거기다 2년 전에 이혼한 본처까지 전화가 온단다.

　"너는 참 행운아다. 부럽다."고 했다.

　나도 불교철학을 믿고, '모든 것은 너의 마음 안에 있다'는 둥 되는 소리 안 되는 소리를 한참 떠들어 대니까 가만히 듣고 있던 아서는 자기가 여행을 떠나기 전 티베트 불교 스승이 이번 카미노 여행 길에서 대여섯 명의 붓다를 만날 것이라고 했는데 내가 첫 번째 붓다란다.

사이비 붓다가 된 미안한 마음에 얼른 나도 너도 열심히 마음을 더 닦으면 붓다가 될 수 있을 것이라 하고 한판 웃었다.

베란다의 술판은 중천의 해가 지고 나서 맥주에서 와인으로 바뀌며, 프랑스 릴에서 온 크리스티앙까지 합석을 해서 늦게까지 계속됐다. 아서가 영어로 한 얘기를 내가 크리스티앙에게 불어로, 크리스티앙의 불어를 다시 영어로, 내 짧은 불어 실력으로는 도저히 감당할 수 없는 역할을 아서의 주문대로 하느라 내 혀는 더욱 꼬부라져 갔다.

크리스티앙은 알코올 중독자였는데 치료를 받고 나서는 와인 한 방울도 입에 대지 않는다. 대신에 대마초는 계속 입에 물고 있다.

아서는 사람 많이 만나지 않고 조용히 걷겠다고 카미노를 산티아고에서 출발해서 거꾸로 걷기 때문에 다시 만날 수 없었다.

아스토르가의 아담과 함께 이메일 주소라도 받아둘걸… 아쉬움이 남는 친구이다.

12번째 산티아고 길을 걷는 귀도 할아버지

갈리시아로 접어들고부터는 친절하게도 500m마다 세워진 이정표가 산티아고까지의 남은 거리를 알려주고 있다. 500m마다 표시돌을 세며 가다 보면 남은 길이 너무 멀어 보여 애써 이정표를 외면하며 지나친다.

지나친 친절은 피곤하다.

길가에는 호텔과 사설 알베르게의 광고가 점점 많아진다. 산티아고 콤포스텔라가 가까워지면서 순례길의 상업화가 두드러지게 나타나는 것 같다.

간혹 목축을 하는 농가가 띄엄띄엄 있는 길을 한 네 시간 이상 걸어 도착한 마을의 바는 문이 닫혀 있어서 한 삼십분 더 걸어 다음 마을의 바로 갔더니 바에는 맥주, 콜라 외에는 빵이나 먹을 것이 아

무엇도 없단다. 내가 배고픈 시늉을 하니까 바 탁자에 진열되어 있
는 오렌지 3개를 그냥 먹으라고 집어준다.

마을을 벗어나는 길가에 앉아 오렌지로 우선 요기를 하는데 큰
누렁개 한 마리가 어슬렁 다가온다. 이틀 전 검은 개에 혼이 나서
섬뜩했으나 이놈은 꼬리를 흔들며 표정부터가 우호적이다. 오렌지
껍질을 줬더니 다른 거 없냐는 듯 쳐다보더니 다시 꼬리치며 가버
린다. 사람이나 개나 얼굴이 제각기 다르듯이 성질도 천차만별이
다. 그리고 성질은 얼굴에 쓰여 있다.

싱가포르 여대생 피실라가 지나가다가 멈춘다. 자기도 바가 문
을 닫아서 걱정했는데 마침 동네 할머니가 길에서 팬케이크를 팔고
있어 사먹고 왔다며 나더러 가보자고 한다. 다시 마을길을 따라 들

어서니 어느 집에선가 슬그머니 나타난 키 큰 할머니가 팬케이크를 몇 장 담은 접시를 들고 다가온다. 배고픈 김에 두 개를 집어 먹었는데 얇디얇은 팬케이크 하나에 2유로란다. 트리아 카스텔라에서 아침에 길 떠난 순례자들이 허기질 때쯤 먹거리 없는 동네에서 파는 할머니의 팬케이크 부업이 짭짤하다.

나중에 들은 얘기지만 집으로 식사초대 등 이 할머니의 계산된 상업적 호의에 불유쾌한 경험을 한 한국 순례자들이 여러 명 있었으니 다소 주의가 필요할 것 같다.

봄꽃들이 한창 피어나는 목초지 사잇길을 25km 걸어서 사리아에 도착한다.

구시가 중심 도로 초입에 있는, 이 갈리시아 지방으로 들어서면

서부터 여러 마을에 보이는 사설 네트워크 알베르게인 레드 드 알베르게로 들어갔다.

3층에 있는 이층침대 네 개가 놓여 있는 방에는 나밖에 없고 깨끗하다. 창밖으로는 성당 종루가 바로 건너편이다.

자그마한 마을광장 모퉁이의 바에서 삶은 문어 풀포와 화이트 와인 한 잔을 시켜 저녁을 대신하고 있는데 옆 테이블의 할아버지가 어디서 왔냐며 합석해도 되겠냐고 한다.

한국이라고 하니까 반가워하며 길에서 만난 어떤 한국 순례자가 줬다는 재킷에 달고 다니는 태극문양의 배지를 보여준다.

벨기에에서 온 76살의 귀도 할아버지는 이번이 12번째 순례길이

고 이번은 이곳 사리아에서 마치고 내년 가을에 또 올 예정이란다. 처음 몇 번은 할머니도 같이 걸었는데 이제는 더 이상 못 걷겠다고 해서 혼자 걷는단다.

길을 걷고 나서 집으로 돌아가도 언제나 이 산티아고 길의 모습이 눈에 아른거려 또 배낭을 꾸리게 된다는 귀도 할아버지처럼 유럽에서는 순례길 구간구간을 나누어 해마다, 또는 수시로 와서 걷는 사람이 꽤 많다.

사리아(Sarria)

사리아 역시 중세 이후 순례길의 중심 도시가 된 인구 13,000여 명의 꽤 큰 도시이다. 또한 산티아고를 110여 km 남겨두고 있어 걸을 시간적 여유가 많지 않으나 순례자 증서를 받고 싶어 하는 수많은 순례객들이 이곳으로 와서 순례길 걷기를 시작한다. 산티아고 대성당에서 발급해 주는 순례길을 걸었다는 증서 발급의 최소요건이 100km 이상이기 때문이다.

소똥 향기는 바람에 날리고

　　어제와 같이 오늘도 완연한 여름날이다. 스페인의 태양은 뜨겁다.

　갈리시아는 평야가 별로 없고 구릉과 산간지형이 많아 목축이 주업이다.

　지나가는 동네마다 소똥 냄새가 진동한다.

　며칠째 이 향기에 묻혀 걷다 보니 이제는 친숙해졌다.

　소똥이 널려 있는 마을길을 지나는 것은 마치 징검다리를 건너는 것같이 조심스럽다.

　가끔 소떼를 만나면 한참을 기다려야 한다. 수십 마리의 소떼를 목동이 앞에서 인도하고 후미는 보통 개가 한 마리 따라간다.

　아주 영리한 이 소몰이 개는 이탈하는 소가 있으면 짖어서 다시 소를 대열로 합류시키며 목동 한 사람 역할을 톡톡히 한다.

소떼와 헤어져 아담한 마을길로 접어드는데 길고양이 한 마리가 나를 졸졸 따라온다. 내가 걸음을 멈추니 내 신발에 얼굴을 이리저리 비빈다. 보통은 사람과 마주치면 도망가기 바쁜데 이놈은 어지간히 외로운 모양이다.

한참을 내 길동무를 해주며 따라오다가 슬슬 제 길을 간다.

가방에 먹을 것이 하나도 없어서 선물도 못 주고 헤어지는 게 미안하다.

경치가 아름다운 오솔길을 따라가다가 큰 저수지에 높이 걸쳐 있는 긴 다리를 넘어 포르토마린으로 들어간다.

12세기에 지었다는 직사각형 상자 모양의 로마네스크식 성당에서 멀지 않은 네트워크 알베르게에는 집안의 아담한 잔디마당에 침대의자까지 놓여 있다. 오랜만에 편안하게 누워 열기가 한 풀 꺾인 저녁 햇살을 즐기며 여유를 부린다.

형수의 죽음과 뒤에 남은 조카들에 대한 안쓰러운 마음에서 모처럼 벗어난다. 모든 것은 시간에 실려 떠나간다.

가까이 있는 슈퍼에서 인스턴트 파엘라를 사와서 전자레인지에 데운 뒤, 매운맛 생각날 때 대비해 모셔두었던 대한항공 튜브 고추장에 비벼 먹으니 매콤한 맛이 그럴듯하다.

드디어 빈대의 공격을 받다

아직은 가끔씩 시큰거리는 불안한 다리를 위해 배낭을 다음 목적지 팔라스데레이의 네트워크 알베르게로 보내고 나서, 좀 홀가분한 마음으로 벨레사르 저수지로 합류하는 넓은 강에 걸쳐 있는 높은 다리를 넘어 오늘의 길을 떠난다.

산 위에서 간간이 불어오는 시원한 바람을 마주하며, 평화로운 마을 사이길을 쉬엄쉬엄 걸어 약 720m의 리곤데 산맥을 넘어간다.

　팔라스데레이를 몇 킬로 앞두고 길가의 한 식당 마당에서 장작불에 굽고 있는 소갈비 냄새의 유혹에 넘어가 앙트레코트에 와인 한 잔을 시킨다. 채식과 과일 위주로 먹다가 모처럼 마주한 소고기이다.

　배낭을 보낸 네트워크 알베르게, 부엔 카미노는 1층이 바이고 2, 3층이 알베르게이다. 공동 세면장 벽에는 핸드폰이나 카메라를 충전할 때 분실을 주의해라, 또 소지품의 도난은 책임지지 않는다는 경고 문구가 붙어 있다.

　산티아고에 가까워질수록 상품화된 순례길의 번잡함과 대도시 언저리의 정리되지 않은 분위기가 느껴지는 것 같아 아쉽다.

　늦게 포식을 한 점심 탓에 저녁은 알베르게 후문 길 건너편에 있는 바로 가서 새우 타파스에 맥주 한 잔을 시켜 대신한다. 옆 테이블의 살집이 넉넉한 스페인 아줌마들 셋이 스페인말로 뭐라고 하는데 아마도 그 집의 풀포(문어)요리가 맛있다고 추천하는 것 같다. 나도 대충 몸짓을 섞어 지금은 생각 없고 다음에 먹겠다고 했다.

가만히 보니 이 아줌마들은 아침에 포르토마린을 떠날 때 다른 길로 들어서는 것 같아서 내가 다리를 건너라고 손짓으로 가르쳐줬는데도 엉뚱한 방향으로 가던 그 아줌마들이다.

그래서 고맙다고 그 식당의 맛있는 것을 정성껏 설명해 준 것 같다.

밤에 침낭을 펴지 않고 알베르게에 있는 담요를 덮고 자다가 가려워서 보니 팔에서 어깻죽지까지 다섯 군데 정도 무엇에 물린 자국이 있다. 아마도 카미노의 불청객 빈대의 공격을 받은 것 같다.

자세히 보니 담요도 지저분하다.

한밤중에 헤드램프를 켜고 소독을 하고, 내의와 옷을 모두 갈아입고 다시 내 슬리핑백을 꺼내느라 잠을 설친다.

빈대

2008년 카미노의 많은 알베르게에서 빈대가 창궐하였다.
이후 구제노력으로 상당부분 개선되었지만 아직도 일부 알베르게에서는 순례자
들이 빈대의 공격을 받는다.
방지를 위해서는 평판 좋고 깨끗한 알베르게를 선택하고, 본인이 가져간 침낭을
사용하는 게 좋다. 그리고 순례 중간중간 햇살이 좋을 때 햇볕에 널어 일광소독을
하도록 한다. 만일 빈대에 물리면 옷을 갈아입고 철저히 소독을 하되, 다음 알베
르게에서는 신중하게 얘기하는 게 좋다. 입실 거절을 당할 수도 있기 때문이다.

길에서 건진 자유

 구름이 두껍게 하늘을 덮고 있는 서늘한 날씨이다.

봄은 오나 했더니 지나간다.

흘러가는 시간과 남쪽지방으로의 공간이동으로 인해 카미노상
의 계절변화는 더욱 빠르다.

벌써 봄꽃은 지고 시들고, 초록은 하루가 다르게 더 진해져 간다.

오늘 점심은 풀포로 유명한 메리데에서 먹기로 작정했다.

15km 남짓을 걸어 메리데에 도착하니 길거리 식당마다 문어요
리 사진과 선전이 요란하다. 길을 물어 가장 오래되고 유명하다는
엑세키엘을 찾아갔더니 식당 바깥까지 줄이 늘어서 있다. 학교 구
내식당같이 긴 나무 테이블에 한 자리 안내받아 앉으니 먼저 레드

와인을 할 건지 화이트로 할 건지를 묻는다.

브랑코라고 하니까 와인 한 병과 막 자른 먹음직스런 빵 한 접시를 갖다주며 문어는 주방 앞 카운터에서 직접 주문하라고 한다.

와인병을 따는 청년에게 한 병은 필요 없고 한 잔만 있으면 된다고 하니, 마실 만큼 마시고 다 못 마시면 남겨두란다.

주방에는 몇 개의 커다란 통에 큰 문어들이 통째로 익고 있다.

주방 카운터에서 앞사람의 주문과 비슷하게 6.5유로짜리 하나를 주문했더니 동그란 나무판에 문어다리 하나를 가위로 쓱쓱 잘라놓고 소금과 올리브 오일과 그리 맵지 않은 빨간 고춧가루, 아마도 파프리카, 같은 것을 뿌려주고 끝이다.

부드러운 문어에 올리브 오일의 고소한 맛이 잘 어우러지고, 한 잔에서 거의 한 병이 된 낮술에, 또 문어 맛에 취한다.

길에서 낯익은 스페인 노인네 한 팀이 들어오며 반갑게 손을 흔든다.

꽤나 오르락내리락하는 길을 따라 오늘은 한 27km를 걸어 리바디소에서 쉬기로 한다. 그러면 내일과 모레 이틀 동안 하루에 20km씩만 걸어 부담 없이 산티아고로 들어갈 수가 있다.

며칠 만에 지자체에서 하는 알베르게로 들어간다는 게 들어와서 보니 또한 10유로짜리 사설 알베르게이다. 지은 지 얼마 안 된 것 같은 돌집이 깨끗하고 빨랫줄이 걸려 있는 뒷마당에는 소들이 그대로 어슬렁거리는 넓은 목장으로 이어진다. 대충 샤워하면서 발로 빤 옷가지를 널어놓고 내려가는 햇살을 얼굴에 받으며 의자에 한참을 앉아 있었다.

이번 순례길에서 내가 얻은 것은 무엇인가?

역시 가장 큰 것은 순례길 내내 머릿속을 맴돌다 밖으로 터져 나올 것 같은 자유로움에 대한 내 나름의 정의와 해석이다.

막연한 자유.

내가 언제나 갈망하면서도 손에 쥐지 못했던 자유.

그 열쇠는 내 안에 있었다.

길을 걸으면서, 혼자서 끝없는 길을 걸으면서 자유로움의 의미를 다시 깨닫는다. 나 스스로 내 시간을 던져, 하루의 목적지를 정하고, 잘 곳을 선택하고, 무엇을 먹을 건지 정하고, 사람을 만나고, 길 위에서 큰소리로 웃기도 하고, 때로는 노래하기도 하고,…

결국 나의 시간은, 내가 가진 공간을 순수한 나의 결정에 의하여 지배할 때 자유로울 수 있었다.

그러면 지금까지는 왜 그렇게 할 수 없었나?

내가 의식하던 나의 자유는 주위의 모든 조건들에 의해 주어졌던 그 자유가 전부였고, 지금 내가 경험한 자유는 모든 틀을 벗어나 내가 스스로 선택한 자유 밖의 자유였다.

이제까지 막연하게만 느껴온 그 큰 자유의 바다에 지금까지 갇혀 지낸 영혼을 풀어놓자.

의식하지 말고, 부담 갖지 말고, 비교하지 말고, 초라해지지 말고, 커진 자유만큼 더 큰 너 자신을 있는 그대로 드러내고 살자.

서른넷째날 우리는 이미 모든 것을 알고 있다

Camino de Santiago "우리 모두는 누군가가 말해주기 전부터 모든 것을 알고 있습니다.

삶이 우리에게 많은 것을 가르쳐주니까요."

— 파울로 코엘료의 순례자에서

내일이면 산티아고 입성이다.

파아란 하늘에 새털구름, 산들거리는 바람 사이로 새소리,

키가 큰 유칼립투스나무 숲속을 걸어간다.

언젠가 먼 기억 속에서 건져 올린 유칼립투스 잎의 향기, 아마도

바덴바덴의 사우나 안에서 한 청년이 탁탁 치던 잎 늘어진 나뭇가

지에서 나던 향기, 너무 좋아서 무슨 향인지 물어보았지, 아마…

이 자유를 떠나는 게 아쉬워진다.

자유도 자유를 속박할 수 있다.

영원히 소유할 수 있는 것은 아무것도 없다.

소유로부터도 자유로워질 때 진정한 자유를 얻을 수 있다.

법정 스님은 얼마나 자유로우셨을까.

마지막 날을 위해 이제 20여km를 남겨두었다.

산티아고 콤포스텔라에서

　　　마을을 벗어나자 바로 다시 엄청난 키의 유칼립
투스나무 숲으로 들어간다.

　심호흡을 크게, 나무향을 깊게 들이마시며 겨우내 잘 마른 낙엽
위를 큰 걸음으로 바스락거리며 길을 간다.

　한 시간 남짓 걸었을까, 길가의 바 앞에는 배낭과 자전거가 즐비
하다.

　카페 콘레체 한 잔을 들고 스툴에 앉자 지난 며칠 동안 길에서,
숙소에서 낯익은 순례객들이 여기저기서 눈인사를 한다. 모두가
오늘 산티아고를 목전에 두고 들뜬 모습들이다.

　멀리 공항을 바라다보며 우회로를 따라 한참을 걷다 보니 갈리시
아 TV방송국을 지나간다. 이곳 주차장에는 한국 소형차들이 꽤 많
이 보인다.

이삽십 명은 족히 될 순례객들이 앞서거니 뒤서거니 걷고 그 사이로 자전거 순례자들이 손을 흔들며 지나간다.

이번 대부분의 순례길에서는 사람 한두 명 마주치기도 힘들었는데, 산티아고가 가까워질수록 순례객들이 늘어난다.

이제 산티아고 대성당의 탑이 보인다는 고소산으로 올라가는 완만한 경사로에 접어들었다.

이전에 몇 번 본 적 있는 키가 큰 오스트리아 할아버지, 할머니와 같이 고소산 정상의 요한 바오로 2세 교황 방문 기념비 앞에서 사진 몇 장을 찍는다. 바오로 2세 교황이 불편한 몸을 이끌고 올라왔다는 고소산의 기념비가 가톨릭 신자들에게는 상당한 의미가 있는지 감격스러워한다.

저 멀리 시가지 너머 끝자락에 대성당 탑의 끝부분이 아스라이 보인다.

65세까지 정년을 채우고 퇴직 후 부부가 같이 배낭여행을 한다는 할아버지에게 나도 정년퇴직을 하고 이 길을 왔다고 하니 몇 살이냐며 놀란다. 나도 내일이면 60이고, 한국에서는 일반적으로 정년이 55세라고 하니 너무 부럽단다. 그러나 당신네 나라처럼 사회보장이 잘 되어 있지 않아서 거의 모두가 55세 이후의 일자리를 찾고 있다고 하니 다시 한번 놀란다.

번잡한 신시가지 길을 한참을 걸어가도 성당은 고사하고 비슷한 오래된 건물도 보이지 않는다. 하지만 여기저기서 호스텔, 알베르

게 선전 전단지를 나누어주고 길거리에 붙은 호텔, 식당 광고들이
순례의 종착역에 가까이 왔다는 것을 알려주는 것 같다.

드디어 porta do camino, 오래된 건물들 사이 돌 깔린 길을 따
라 멋진 중세도시가 나타난다.

어디서 나타난 건지 골목마다 순례객, 여행객들이 가득하다. 기념
품을 파는 가게, 작은 식당들을 기웃거리며 큰 걸음으로 걸어간다.

길게 늘어선 정방형의 산 마르티노 수도원 건물과 인마쿨라다광
장을 지나 굴다리 같은 터널을 벗어나니 돌연 넓은 광장이 펼쳐진다.

산티아고 콤포스텔라 대성당이다.

웅장하고 아름다운 성당을 바라보며, 오브라도이로광장 가운데

에서 눈부신 태양 아래 서니 황홀한 기분이다.

광장에는 많은 사람들이, 이미 도착한 사람들은 편한 신발과 옷을 갈아입고서, 나처럼 방금 도착한 사람들은 배낭에 등산화를 신고서, 주저앉거나 연인의 팔베개를 하고 눕거나, 서서 광장의 따사로운 햇살을 즐기고 있다.

누군가 내 어깨를 툭 친다.

체코의 크로스밴드 기타리스트 스탠다이다. 반가운 마음에 얼싸안고 보니 폴과 마르쿠스도 웃으며 다가온다. 저쪽에 더크도 있단다. 내가 아스토르가에서 다리 고장으로 뒤처지며 헤어졌던 주당

클럽 멤버들이다.

더크는 사흘 전에 도착해서 피니스테라까지 다녀오고, 나머지도 이틀 전에 와서 내일 피니스테라로 갈 작정으로 산티아고를 어슬렁거리고 있었던 것이다. 광장에서 마코토, 이화, 로사, 그리고 중간에 개에게 물렸던 오스트리아의 브리기트와 더 많은 순례길의 친구들을 만났다.

브리기트는 아들이 린츠에서 모시러 와서 지금 광장 건너편의 5스타 파라도르 호텔에 묵는다고 어깨가 으쓱하다.

우선 순례자 증명서를 발급해 준다는 순례자협회 사무실을 물어 찾아갔다.

대성당을 끼고 구시가지로 접어드는 모퉁이의 우중충한 석조건물 입구에는 환한 얼굴로 계단을 내려오는 순례객들의 모습이 보인다.

　데스크의 여직원, 느낌에는 대학생 자원봉사자가 크레덴셜(순례자 여권)을 쭉 펼쳐 보더니 이 길을 모두 걸었냐고 영어로 물어본다.

　다리에 문제가 있어 버스를 탄 한 구간을 제외하고는 모두 걸었다고 하니까 웃으며 크레덴셜에 마지막 스탬프를 찍고, 잘은 몰라도 순례길을 마쳤다는 내용이 적혀 있을 라틴어로 된 졸업증서에도 이름과 날짜를 쓰고 사인이 든 직인을 찍어 같이 나에게 내민다.

　"그라시아스."

중세에는 교황의 칙령으로 이 길을 모두 걸은 사람에게는 연옥에 머무는 기간을 면제해 주었다는데 나도 면제된 것일까?

　저녁에는 다시 만난 일당들 열몇 명이 같이 식사를 하고 나서 더크와 마코토, 스탠다와 함께 늦은밤까지 바에서 와인을 마셨다.

에필로그

산티아고 콤포스텔라 대성당은 사도 야곱의 유골을 모신 자리에 11~12세기에 걸쳐 로마네스크양식으로 지어진 건물 위에 16~17세기에 걸쳐 바로크양식의 외관으로 개조된 웅장하고 아름다운 성당이다.

오랜 세월을 지나면서 비가 많고 습한 갈리시아의 기후 탓인지 건물 외관은 누렇고 검게 변색되었고, 이러한 모습이 더욱 중후한 느낌을 주고 있다.

향로 미사가 열릴 때는 서 있을 자리조차 찾기 어렵다는 성당 내부도 오후 늦은 시간에는 한산하다.

성당 입구의 마름모꼴 계단을 올라가서 마주치게 되는 영광의 문 가운데 기둥에는 12세기의 거장 마테오가 조각한 산티아고 성인상이 서 있다.

문을 지나 성당 내부로 들어가면 멀리 정면 제단 후면에 산티아고 성인의 좌상이 좌정하고 있다.

작은 기도실과 고해성사대가 있는 성당을 한 바퀴 돌고 나서 마지막으로 제대 뒤편의 계단을 올라 산티아고 성인상의 어깨에 손을 얹어 기도함으로써 순례의식을 마무리한다.

지하에는 은으로 만든 함 속에 성인의 유골이 잠자고 있다.

나에게 이 아름다운 대성당은 이번 여정의 목적지라기보다는 종착지로서의 의미를 가진다. 순례길을 시작할 때 내 가슴에 품었던, 마음껏 주어진 자유를 느끼고 또 번잡한 머릿속을 좀 정리하겠다는 목적은 길을 걷는 동안에 길 위에서 거의 이루었다.

우리가 살아가면서 언제나 가장 소중한 가치를 부여해야 할 오늘은 망각하고 아무런 약속도 없는 내일만을 생각하며 맹목적으로 달려가듯이 나도 산티아고를 향해 분주하게 서둘러 왔다.

그러나 우리네 인생에서 죽음이 목적이 아니듯 산티아고 대성당 자체가 목적이 될 수는 없었다.

지나와서 보니 길을 걸으면서 좀 아쉽고 미련이 남는 부분들도 적지 않았다. 그것은 언제나 지금 서 있는 이 자리를 마지막 순간같이 살라고 하는, 길이 주는 교훈으로 받아들인다.

아침 일찍 세비야에서 가족과 합류하기 위해 렌터카를 빌린 더크가 가는 길에 나의 다음 목적지인 리스본까지 데려다주겠다고 하여 그의 차를 타고 산티아고를 떠났다.

어차피 한번은 다시 올 작정이라 피니스테라는 남겨두었다.

길을 걸으면서 길을 보았다.

지나온 시간 속에 자라온 아쉬움과 미련과 또한 원망은 걷고 또 걷기를 되풀이하면서 사라졌다.

그 자리에는 텅 빈 공백이 남았다.

걷는 자체에 집중을 한다.

물소리, 새소리, 때론 가지를 스치는 바람소리만이 더욱 크게 들려왔다.

그리고는 태어나서 처음으로 느끼는 자유로움이 황홀한 느낌으로 내 뇌 속으로 쓰나미처럼 밀려들었다.

길 위에서 마치 미친 사람처럼 마구 웃었다.

법정 스님이 말씀하신 텅 빈 충만인가.

모든 세상사, 미움과 아쉬움 또한 원망으로부터 자유로웠던 나는 다시 일상으로 돌아왔다.

이제는 이 자유를 놓치지 않고 나의 자유의지만으로 살아가리라는 다짐도 희미해져 간다. 망설임 끝에 나에겐 좀 익숙지 않은 가르침의 길로 들어서서 아침마다 조그마한 검은 가방을 들고 지하철을 탄다.

언제나 마음은 자유롭다고 스스로에게 말하면서…

그러나 분명한 한 가지는,

내 생애 처음이자 정말 대단한 경험을 했고,

그 길은 천 년 전과 마찬가지로 지금도 존재하고 있고,

또 언젠가는 내가 그 길을 다시 걸을 것을 알고 있다는 것이다.

길 위에 길이 있었다.

길 에서 건진 자유 Camino de Santiago

길을 떠나기 전에

Camino de
Santiago

산티아고로
가는 길

산티아고 가는 길은 여러 갈래이다.
유럽 각국에서 시작해서 산티아고 콤포스텔라까지 가는 모든 길이 산티아고 순례
길이기 때문이다.

그러나 지금 대부분의 우리가 걷는 산티아고 길은 프랑스의 생장피에드포르에서
시작해서 산티아고 콤포스텔라까지 가는 약 800km의 프랑스 길(Camino
Frances)이다.

카미노 프랑세즈 : 프랑스 길

현대 순례자들에게 가장 많이 알려진 루트이자 대부분의 순례자
가 처음 순례할 때 선택하는 길이다. 프랑스의 국경마을 생장피에
드포르를 출발하여 스페인의 국경을 넘어 팜플로나, 부르고스, 레
온을 거쳐서 산티아고 콤포스텔라로 향하는 길이다.

이 루트는 대부분의 순례자들이 걷게 되는 루트인 만큼 노란 화살표, 가리비 모양의 표식, 그리고 카미노 이정표들을 따라가다 보면 어렵지 않게 길을 찾을 수 있다.

또는 이 길을 따라 순례자들을 위한 시설이 잘 정비되어 있기 때문에 잠자리와 식사에도 큰 어려움이 없다.

단, 겨울철에는 많은 숙소들이 문을 닫기 때문에 사전에 잘 확인해야 하고, 순례자가 가장 많이 찾는 여름에는 숙소를 잡기 위한 경쟁이 치열하다.

카미노 프랑세즈를 걷기로 마음먹은 대부분의 외국인 순례자는 프랑스 파리를 경유한다.

파리에 도착한 다음, 이곳에서 TGV를 이용하여 약 4시간을 타고 바이욘(Bayonne)역에서 하차한 다음 생장피에드포르(St. Jean-Pied-de-Port)로 가는 기차로 갈아탄다.

생장피에드포르에 도착하면 산티아고 순례자협회를 찾아가서 '크레덴셜'로 불리는 순례자 전용 여권을 만들고 순례길을 시작하게 된다.

피레네 산맥을 넘기가 부담스럽거나 스페인의 마드리드나 바르셀로나를 경유하는 순례자는 론세스바예스나 팜플로나에서 시작하는 경우도 많다.

그 외의 길

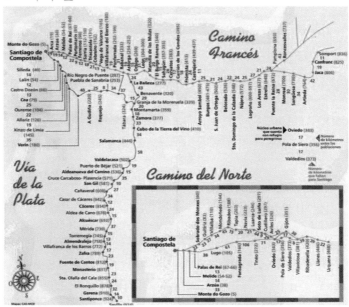

카미노 아라고네스

카미노 프랑세즈와 만나는 카미노 아라고네스는 해발 1,600미터에 자리 잡은 피레네 산맥의 마을인 솜포르트에서 시작하여 하카를 거쳐 푸엔테 라 레이나까지 약 160km에 달한다. 이 루트 또한 카미노 프랑세즈의 영향을 많이 받아서 노란색 화살표와 카미노 명판이 충분히 갖춰져 있어 길을 찾기가 용이하다. 카미노 프랑세즈에 비해 순례자의 수가 많이 적기 때문에 여름 성수기에도 알베르게, 호스텔과 같은 숙소를 이용하는 데 불편이 없다.

카미노 노르테

스페인 북부의 아름다운 해안을 따라서 걷는 루트이다. 프랑스와 스페인의 국경도시인 '이룬'에서 시작하여 '산티아고 데 콤포스텔라'까지 약 830km에 이르는 루트이다. 카미노 프랑세즈에 비해 오르막과 내리막이 많아서 상당히 어려운 편이며 순례자를 위한 숙소와 편의시설도 부족해서 초보 순례자나 체력적으로 자신 없는 순례자에게는 그다지 권할 만한 루트는 아니다. 해안을 따라 걷는 루트라고는 하지만 이 길을 걸으면서 상당히 많은 길에서 바다를 볼 수 없다.

비아 델 라 플라타

산티아고 데 콤포스텔라까지 약 1,000km에 가까운 길이다. 세비야에서 시작하여 메리다, 카세레스, 살라망카, 사모라를 거쳐 가게 된다. 오르막과 내리막이 심하기 때문에 상당히 힘든 코스로 알려져 있다. 여름철에는 이 루트의 선택을 피하는 것이 좋다. 한여름 이 길을 걷는 스페인 순례자가 극히 적을 정도로 카미노 중에서도 가장 뜨거운 루트이다. 순례자를 위한 시설도 많이 부족하기 때문에 매우 불편할 수 있다.

카미노 프리미티보

중세 카미노 노르테를 걷던 초기 순례자들이 카미노 프랑세즈로 돌아가기 위해 만들어진 루트이다. 순례자가 많지는 않지만 워낙 오래된 루트이기 때문에 노란색 화살표가 충실히 그려져 있어 길을 찾는 데 어려움은 없고 알베르게도 순례자의 수에 비해 충분하다. 그러나 오르막과 내리막이 심한 칸타브리카 산맥을 넘어야 하는 부담이 있다.

카미노 포르투게스

포르투갈 북쪽의 해안마을인 포르토에서 시작하여 대서양 해양을 따라 걷다가 투이, 폰테베드라, 파드론을 거쳐 산티아고 데 콤포스텔라까지 약 240km에 걸쳐 이어지는 루트이다. 이 루트는 특히 가톨릭 성지인 파티마와 산티아고 데 콤포스텔라를 잇는 루트이기 때문에 많은 가톨릭 신자들의 사랑을 받고 있다. 순례자를 위한 노란색 화살표가 충분히 있어서 길을 찾는 데 도움이 된다. 여름 성수기 방학 시즌의 학생 순례자들을 피한다면 알베르게에 머무는 데는 큰 어려움이 없다.

얼마나
어떻게 걸을까

사실 순례기간은 순례경로, 날씨변화, 걷는 속도, 개인의 건강 등 많은 요인들에 따라 달라진다.

카미노 프랑세즈를 서두르지 않고 도보로 걷는 순례기간은 보통 5주로 잡는다. 전체 여정 800km를 하루에 평균 20~25km씩 걸으며 중간에 하루나 이틀을 쉬어갈 여유가 있는 일정이다.

그러나 가장 중요한 것은 당신의 몸상태와 기분에 따라 자유롭게 당신의 페이스대로 걷는 것이다. 절대로 무리해서는 안 된다.

정기적으로 많은 운동을 하지 않은 사람에게는 무거운 배낭을 메고 하루에 20~30km를 걷는 것도 상당히 부담이 된다. 며칠을 걸으면 대부분 발에 물집이 잡히고 배낭을 멘 어깨도 쓰리는 것이 정상이다.

그러나 물집은 물을 짜내고 소독을 하고 며칠 걸으면 더 단단해지고 쓰린 어깨도 익숙해진다.

가장 조심해야 할 것은 다리 근육의 염증이다.

주로 무게의 과부하를 받는 발목 위 인대부분에 발생하고 일단 염증이 생기면 통증으로 걸을 수가 없다.

많은 순례자들이 이 증상으로 순례를 중단하거나, 꼼짝 못 하고 며칠을 쉬면서 소염제로 염증을 완화시킨 후 순례길을 다시 걷는다.

이 염증은 길 걷기에 어느 정도 익숙해진 후 붙은 자신감으로 갑자기 하루에 걷는 거리를 급격히 늘리거나 무리를 할 경우에 많이 생긴다.

언제나 무리가 오지 않도록 자신의 페이스를 잘 유지하고 매일 길을 걸은 후 다리 근육부위를 소염제 연고로 마사지해 주는 것도 도움이 된다.

이 길은 건강한 젊은 사람은 4주, 보통의 사람도 5주면 충분히 소화할 수 있는 길이지만 만일 당신이 시간의 여유를 좀 더 가질 수 있다면 시간을 투자해서 이 길 위의 많은 문화적인 유산과 대자연이 주는 감동, 그리고 스페인의 독특하고 맛있는 음식까지 즐기면서 여유 있게 걷기를 추천하고 싶다.

자칫하면 산티아고에 하루라도 빨리 도착하는 자체가 목적이 되어, 자신의 내면을 돌아보고 또 존재의 자유로움을 만끽할 수 있는 다시 없을 소중한 기회를 충분히 사용하지 못해 큰 아쉬움을 남길 수도 있기 때문이다.

보통사람이
걷는 일정 보기

Camino de Santiago

   아래는 보통 사람이 큰 무리 없이 걸을 수 있는 일정으로 800km 를 하루 평균 24km씩 33일 만에 걷는 스케줄이다.

   중간에 지치거나 피곤할 때 추가로 쉴 수 있는 2일을 포함하면 5 주 만에 산티아고에 도착하는 일정이다.

   이 일정을 참고하여 당신의 건강상태나, 길에서 얻고 싶은 것이 무엇인지를 감안하여 늘리거나 줄여서 당신만의 일정을 잡으면 좋 을 것이다.

   33일로 나눈 일정 위에 크게는 순례길이 지나가는 6개의 지역별 로 구분했으나 큰 의미가 있는 것은 아니다.

CAMINO NAVARRO - Camino in the region of Navarra

1. St.-Jean-Pied-De-Port - Roncesvalles : 25km

2. Roncesvalles - Zubiri : 22km

3. Zubiri - Pamplona : 20km

4. Pamplona - Puente de la Reina : 24km

5. Puente de la Reina - Estella : 22km

6. Estella - Los Arcos : 22km

7. Los Arcos - Logrono : 28km

CAMINO RIOJANO - Camino in the region of La Rioja

8. Logrono - Najera : 30km

9. Najera - Santo domingo de calzada : 21km

10. Santo Domingo de la Calzada - Belorado : 24km

EL CAMINO EN CASTILLA - Camino in Castilla

11. Belorado - San Juan de Ortega : 24km

12. San Juan de Ortega - Burgos : 28km

13. Burgos - Hornillos del Camino : 20km

14. Hornillos del Camino - Castrojeriz : 21km

15. Castrojeriz - Fromista : 26km

16. Fromista - Carrion de los Condes : 20km

17. Carrion de los Condes - Terradillos de Templarios : 27km

EL CAMINO EN LEON - Camino in the province of Leon

18. Terradillos de Templarios - Hermanillos : 27km

19. Hermanillos - Mansilla : 25km

20. Mansilla - Leon : 19km

21. Leon - Villar de Mazarife : 23km

22. Villar de Mazarife - Astorga : 30km

23. Astorga - Rabanal del Camino : 22km

El Camino en El Bierzo(Leon) - Camino in El Bierzo(Leon)

24. Rabanal del Camino - Molinaseca : 27km

25. Molinaseca - Villafranca del Bierzo : 31km

EL CAMINO GALLEGO - Camino in Galicia

26. Villafranca del Bierzo - O Cebreiro : 30km

27. O Cebreiro - Triacastela : 21km

28. Triacastela - Sarria : 25km

29. Sarria - Portomarin : 23km

30. Portomarin - Palas de Rei : 26km

31. Palas de Rei -Ribadiso : 27km

32. Ribadiso - Arca o Pino : 22km

33. Arca o Pino - Satiago Compostela : 20km

언제
가는 것이
좋을까

산티아고 순례길을 여행하기 좋은 때는 언제일까?
전통적으로 순례자들이 가장 바라는 산티아고 입성일이 '산티아고 성인의 날'인
7월 25일이다.
그래서 여름은 언제나 붐빌 수밖에 없다.
따라서 가능하다면 봄(4~5월)과 가을(9~10월)에 가는 것이 좋다.
날씨도 좋고, 아름다운 자연 풍광을 즐길 수 있고, 길도 덜 붐비는 편이다.

 봄

3월과 4월은 주로 습하고 바람이 많이 불지만 평화롭고 조용하다. 이른 봄의 꽃들과 걷기 좋은 시원한 날씨가 순례길에 동반할 것이다.

아직은 많은 알베르게가 문을 열고 있지 않지만 순례객이 많지 않아서 숙소를 구하는 데는 어려움이 그다지 없는 편이다.

그러나 밤은 춥고 많은 비가 내릴 수 있으므로 방한복 준비가 필수이다. 특히 비가 자주 오는 계절이므로 비 올 때 배낭 위까지 함께 뒤집어쓸 수 있는 판초 우의를 반드시 준비하는 것이 좋다.

여름

전통적으로 순례자들이 가장 바라는 산티아고 입성일이 '산티아고 성인의 날'인 7월 25일이다. 그래서 여름은 언제나 붐빌 수밖에 없다.

7월과 8월은 시끌벅적하며 이 두 달 동안 1년 중 산티아고에 도착하는 순례자들의 반 이상이 방문한다고 보면 된다.

5월, 6월, 9월도 매우 바빠지기 시작한다. 그러므로 여름은 바쁘고 덥고 알베르게나 호스텔을 먼저 잡기 위한 경쟁이 시작된다.

스페인의 북쪽, 특히 갈리시아(Galicia)의 날씨는 예측할 수 없다. 여름의 온도도 때로는 섭씨 32도까지 치솟는 것을 볼 수 있을 것이다. 밤에도 불편할 정도로 매우 덥고 물 공급도 제한적일 수 있다. 격렬한 신체운동과 열기로 인해 많은 수분이 빠져나가는 점을 고려한 충분한 물의 준비가 필요하다.

가을

9월 말에서 10월은 봄보다 더욱 안정적인 날씨이다. 여름의 매서운 열기는 끝나고 눈은 아직 내리지 않기 때문에 거의 모든 알베르게나 호스텔이 정상적인 영업을 한다. 한여름의 가장 붐비는 성수기를 지난 시기라서 숙소 잡기도 어렵지 않다.

가을은 길을 걷기에 가장 이상적인 계절이며, 지나가는 지역마다 아름답고 특색 있는 스페인의 가을정취를 느낄 수 있을 것이다.

겨울

만약 걷는 것에 경험이 많다면 겨울 순례는 가장 신비로운 경험을 제공해 줄 수 있다.

그러나 눈과 비가 많이 내리는 겨울에는 외롭고 순례기간 중 제반 서비스를 기대하기 어렵다. 체력소모 또한 다른 기간보다 훨씬 더 많다.

순례자가 줄어들고 알베르게나 호스텔도 문을 닫는 곳이 많아서 여행하는 데 더욱 힘들기 때문에 겨울 순례를 계획한다면 더더욱 치밀한 정보조사와 계획이 필요하다.

겨울에는 고도가 높은 곳은 눈으로 봉쇄되고 온도가 떨어지며 몸이 얼 정도로 춥다. 또한 걸을 수 있는 곳도 한정되어 있다.

또한 한겨울에는 일조시간이 줄어들어 오후 활동시간이 제한적인 점도 고려해야 한다.

무엇을
준비할 것인가

무슨 이유로든지 당신이 길을 떠날 결심을 하였다면 마음의 준비
부터 확고히 하라.

산티아고 가는 길에 관한 많은 책과 안내서 그리고 인터넷에서
찾을 수 있는 생생한 정보가 준비에 도움을 줄 것이다.
카미노의 역사와 1000년이 넘는 오랜 기간 길이 지나가는 지역
의 변화를 알고 가면 훨씬 의미 있는 길이 될 것이다.

떠나기 전까지 시간적 여유가 좀 있다면 틈날 때마다 지구력을
기를 수 있는 가벼운 산행이나 트레킹으로 장기간 걷기에 대비해서
신체적 적응력을 최대한 끌어올리는 것이 좋다.

카미노 길을 걷는 대부분의 사람들은 유럽, 미주 등 서구의 각
나라 또는 일본에서 온 순례자들로서 간단한 영어로 의사소통이

된다.

하지만 대부분의 길이 스페인에 위치하고, 스페인 순례자나 현지 거주민들과 영어로는 의사소통이 되지 않는다.

따라서 간단한 인사, 길을 묻거나 식당이나 바에서 쓸 수 있는 기본적인 스페인어를 익혀 가면 많은 도움이 된다.

물론 당신은 손님이므로 조금은 불편하고 어색하더라도 현지 주민들의 관습을 존중해 주고, 또한 숙소나 바 등 공공장소에서의 에티켓을 지켜주는 것도 중요하다.

배낭 속에 꾸려야 할 것들

첫 번째 원칙은 최대한 가볍게, 둘째도 가볍게이다.

한 달이 넘는 여행을 생각하다 보면 이것저것 꾸려야 할 것들이 많다.

그러나 800km를 등에 져야 하는 배낭에는 아무리 작고 사소한 것도 엄청난 짐이 될 수밖에 없다. 생장피에드포르에서 출발한 첫날 피레네 산길을 오르다 보면 양말 한 켤레도 버리고 싶어진다.

최소한의 필수품만 남겨두고 모두 빼고 배낭을 꾸린다.

혹시 중간에 필요하게 될지도 모를 것은 현지에서도 구입할 수 있다는 생각을 하라.

배낭

장거리 도보여행의 제1원칙은 무조건 '배낭은 깃털처럼 가벼워야 한다'이다.

가방은 최대한 10kg가 넘지 않도록 하라.

가벼운 걸음을 위해서는 7~8kg 이하가 바람직하다.

배낭은 전 일정 동안 자신이 지고 가야 할 짐이므로 반드시 필요한 필수품만으로 최소화해야 한다.

가끔 15kg이나 20kg 이상의 짐을 지고 시작하는 순례객들을 보게 되는데, 대부분이 다리나 근육에 무리가 와서 엄청 고생을 하다가 짐을 버리거나 중간에 우편으로 목적지 또는 집으로 보내기도 한다.

단, 배낭은 가볍고 내구성이 좋은 것으로 40~50리터 정도가 좋다.

배낭은 메는 방법에 따라 하중을 분산시킬 수 있기 때문에 많이 메어보지 않은 사람은 구입할 때 올바른 착용법을 배운다.

옷

순례 중 숙박시설인 알베르게에 도착한 후 저녁 때 간단한 의류 세탁이 가능하므로 이 점을 감안하여 옷을 챙기도록 한다.

단, 의류들은 세탁이 용이하고, 건조가 잘되는 종류로 선택한다.

- 2~3개의 면 또는 기능성 티셔츠
- 2~3개의 편한 바지(반바지, 취침 시의 바지 등)
- 계절에 따라 폴리스 재킷 등 보온용 의류
- 방풍, 방수, 보온을 위한 가벼운 기능성 재킷

- 두터운 등산양말 세 켤레
- 발가락양말 두 켤레

※발가락 양말을 신고 그 위에 등산양말을 신으면 발가락 사이의 마찰
에서 생기는 물집을 상당부분 방지할 수 있다.

- 판초 우의(폭우에 대비하여 배낭까지 덮을 수 있는 것)
- 기능성 내의 2~3벌

등산화

등산화는 새로 구입하는 것보다 평소에 본인이 편하게 신던 것이
좋다. 부득이 새로 구입해야 한다면 구입 후 최소 2~3개월은 신어
서 자신의 발에 충분히 적응시키는 것이 중요하다.

길을 걸으면서 새 신발을 신고 와서 발이 만신창이가 되어 고생
하는 경우가 많다. 하루에 평균 6~8시간씩 20~30km를 계속 걸
어가야 하므로 신발이 가장 중요하다.

등산화는 반드시 방수가 되는 고어텍스 기능을 가진 것으로, 가
벼우면서 거친 바닥에 강한 중등산화가 좋다.

모자

모자는 얼굴이 햇볕에 타는 것을 막아주는 데에도 도움을 줄 뿐만 아니라 순례자의 체온을 보호하는 역할도 한다.

여름철에는 햇볕이 매우 강하다. 그늘 한 점 없는 뜨거운 메세타를 몇 시간이고 계속해서 걸어야 하는 순례자에게는 챙이 넓고 뒷덜미를 가려줄 수 있는 모자가 필요하다. 혹시 발생할지 모르는 일사병은 고통스럽고 위험할 수 있다.

자외선 보호는 필수적이다. 선글라스, 선크림 또한 잊어서는 안 된다. 특히 어떠한 종류의 그늘도 없는 메세타의 높은 고원에서는 꼭 필요하다.

한편, 겨울에는 순례자가 체열을 가장 많이 빼앗기는 곳이 머리이다. 그렇기 때문에 겨울철에는 머리의 보온에 중점을 맞춘 모자를 쓰는 것이 좋다.

등산 스틱

등산 스틱은 순례자 하중의 30% 가까이를 분산시켜 주는 효과가 있다.

순례를 위한 등산 스틱은 T자형이 아니라 I자형이나 손잡이가 꺾인 I형을 구매해야 한다. 저급의 스틱은 스틱이 부러지거나, 스틱이 안으로 말려들어가서 심하게 다치는 경우가 생기기 때문에 품질 면에서 확증된 제품을 사용하는 것이 좋다.

가벼운 재질의 충격 완화를 위한 용수철이 내장되어 있는 스틱이 가장 좋다.

스틱의 길이는 손에 잡은 상태에서 팔꿈치가 L자 모양을 이루도록 맞추어 사용하는 것이 좋다.

침낭

카미노상에 있는 대부분의 지자체 또는 성당 알베르게는 매트리스가 깔린 침대만 제공하기 때문에 침낭은 반드시 가지고 가야 한다.

사설과 일부 공용 알베르게는 담요를 제공하지만 청결하지 못한 위생상태를 고려하면 본인의 침낭을 사용하는 것이 바람직하다.

특히 프랑스 길은 북부 스페인에 위치하고 있어 한여름에도 실내에 들어가면 서늘하기 때문에 여름에도 침낭을 준비하는 것이 좋다.

한겨울 카미노를 고려한 다운침낭을 선택한다면 다운의 양이 1,000g 정도인 초경량 침낭이 적당하다.

기타 준비물

- 저녁시간을 위해 샌들 혹은 슬리퍼 한 켤레 (샤워 시 필요)

- 기본적인 세면도구 (샴푸, 물비누 등은 물약통에 적은 용량 준비)

- 개인 상비응급약 (물집 치료용 연고, 반창고, 소염제,
  감기약, 진통제 등)

- 무릎보호대

- 반짇고리 (물집처리)

- 귀마개 (단체취침 시 대비)

- 소형 LED 헤드램프 또는 손전등

- 필기용품

- 지도

- 가이드북 (마을 간의 거리, 알베르게, 문화유적 등이 소개된 소형)

- 기념품 (한국전통엽서 등 가벼운 것)

- 소형 디지털카메라

경비

하루에 필요한 경비는 25-30유로 정도면 충분할 것이다.

알베르게 : 평균 7〜8유로
아침식사 : 평균 2〜3유로
점심식사 : 평균 5〜7유로
저녁식사 : 평균 5〜10유로

휴대폰

복잡한 세상과의 보다 확실한 단절을 위해서는 휴대폰을 두고 가는 것도 고려할 만하다. 도저히 그렇게까지는 못하더라도 최대한 사용을 자제할 수는 있다. 와이파이가 연결되는 숙소도 있지만 아직은 산티아고 길의 많은 숙소와 공용시설에는 없는 곳이 대부분이다.

건강점검

출발하기 전에 체력관리가 필요하다.

체중이 늘었다면 체중을 3~4kg 줄이는 것이 좋다.

카미노를 걷고 나면 체중 5kg 정도 빠지는 것은 기본이겠지만 불과 며칠을 걷게 되더라도 하루 7시간 이상을 걷다 보면 하체에 실리는 하중이 엄청나다. 건강을 위해서라도 적절한 다이어트와 건강한 체력은 미리미리 준비해 두자.

스페인어 공부

출발 전에 기본적인 언어는 배우고 가는 것이 즐거운 순례를 돕는다. "돈데 에스타 산티아고 콤포스텔라?"(산티아고 콤포스텔라가 어디인가요?)의 뜻으로 무한응용이 가능하다. "올라"는 "안녕하세요"라는 뜻이다. "부엔 카미노"는 같이 순례하는 사람들에게 익숙한 인사로 카미노 길에서 가장 많이 듣게 되는 용어 '좋은 길'이라는 의미이다. 마을 사람들과의 인사도 친구들과 헤어질 때의 인사도 모두 이 단어 하나로 통한다.

스페인어로 인사하기

한국어	영어	스페인어	스페인어 발음
안녕하세요!	Hello	Hola!!	올라!!
안녕하세요!(아침인사)	Good Morning	Buenos dias	부에노스 디아스
안녕하세요!(낮인사)	Good Afternoon	Buenas tardes	부에나스 따르데스
안녕하세요!(저녁인사)	Good Night	Buenas noches	부에나스 노체스
좋은 순례 되세요!!	Have a nice way	Buen Camino	부엔 까미노
안녕히 가세요!!	Bye	Adios	아디오스
안녕히 가세요!!	Good Bye	Hasta Luego	아스따 루에고
안녕히 가세요!!	Bye	Chao	차오
안녕!(아주 친한 사이)	Hi(How are you)	¿ Que tal?	께 딸?

길에서 건진 자유

2012년 5월 15일 초판 1쇄 발행
2012년 7월 20일 초판 2쇄 발행

지은이 | 김남선
펴낸이 | 진욱상
펴낸곳 | 백산출판사
등록 | 1974. 1. 9. 제1-72호
주소 | 서울시 성북구 정릉 3동 653-40
전화 | 02)914-1621, 02)917-6240
팩스 | 02)912-4438

http://www.ibaeksan.kr
editbsp@naver.com

ISBN 978-89-6183-591-6   03810

값 13,000원